온통

너라는 계절

온통
너라는 계절

한가람 에세이

초판 1쇄 인쇄 2018년 12월 3일
초판 1쇄 발행 2018년 12월 12일

글 | 한가람
그림 | 신유진 @shinyoujin_illust

펴낸이 | 金湞珉
펴낸곳 | 북로그컴퍼니
편집부 | 김옥자·서진영·김현영
디자인 | 김승은·송지애
마케팅 | 이예지·김은비
경영기획 | 김형곤
주소 | 서울시 마포구 월드컵북로1길 60(서교동), 5층
전화 | 02-738-0214
팩스 | 02-738-1030
등록 | 제2010-000174호

ISBN 979-11-89166-57-1 03810

· 이 도서의 국립중앙도서관 출판예정도서목록(CIP)은 서지정보유통지원시스템 홈페이지(http://seoji.nl.go.kr)와 국가자료공동목록시스템(http://www.nl.go.kr/kolisnet)에서 이용하실 수 있습니다.(CIP제어번호: CIP2018038502)

온통
너라는 계절

한가람
에세이

북로그컴퍼니

작가의 말

언제나 사랑이 전부였던 저는 하루가 늘 같았습니다.

아침에 일어나면 나가서 누군가를 만났고
만나면 싸우거나 토라졌으며
돌아와선 울었고
울면서는 글을 썼고
그러고는 다음 날,
언제 그랬냐는 듯 다시 종종거리며 나갔죠.

겨우 그뿐.
고작 그뿐인 날들이었습니다.

어떻게 사랑 같은 게 인생에 전부였냐고
정말 시시하다고
그렇게 한심한 인간인지 몰랐다고 실망하셔도 소용없어요.
저는 정말 그렇게 시시한 사람이거든요.
시시하기만 하면 귀엽게요?

사실 저는요
지질하고, 구차하고, 비겁하고, 끈적끈적 달라붙고,
가끔은 '아악. 재 왜 저래?' 모른 척하고 싶을 만큼
창피한 짓도 서슴없이 해대는
"그땐 어렸어. 어려서 그랬어."
아무리 변명해도 전혀 '익스큐즈'가 되지 않는
별로 중의 별로였던 사람입니다.

이렇게 제 글이 증명하고 있죠.

그 글들을 모아 책으로 엮으려니
얼굴이 너무 빨개져 밤마다 연습했습니다.

"제가… 너무 창피해서 도무지 책을 낼 수 없겠는데요…"
라고 출판사 대표님께 말해보는 것을.

결국 못하고 이렇게 '작가의 말'을 쓰고 있는 건
말씀드렸잖아요, 저는 별로라고.

그런데 용기까지 없는 사람이라서요.

허나, 그 부끄러운 과거의 저에게도
배울 점이 딱 하나 있었으니…
이를테면…

매일같이 하던 사랑 같은 것.

매일 사랑했고, 매일 실수했습니다.
매번 상처받았고, 매번 울었습니다.

제가 할 수 있는 위로는 오직
빳빳한 노트를 펴고
상처받은 그 마음을
쓰윽 쓰윽 열심히 글로 써대는 것뿐.

덕분에 작가가 되었고
덕분에 꿈을 이룰 수 있었습니다.

지난날의 참으로 못났던 제가
기특했던 단 하나.
그렇게 상처받으면서도
늘 끈질기게 누군가를 좋아했다는 것.

하지만 그래요.
언제나 그래왔죠.

저에겐

사랑이 있어 정말 좋았습니다.

2018년 12월
한가람

차례

봄, 너는 나의 모든 처음

여름, 한없이 투명했던

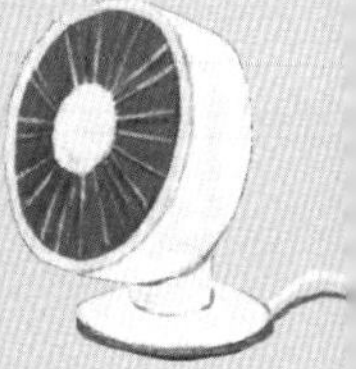

가을, 언제라도 울 수 있어서

겨울, 함부로 잡아당기지 말 것

봄, 너는 나의 모든 처음

짝사랑하는 사람과 잘된다면

얼마나 좋을까.

얼마나 행복할까.

바라고, 바라고, 염원했다.

내 10대는 온통 그런 것들이었다.

친구를
좋아한다는 일

함께하고 싶었어.
늘 같이 있고 싶었어.
전화하고 싶었어.
뭐 하냐고 묻고 싶었어.

밥은 먹었는지, 어제는 뭘 했는지, 오늘은 무얼 할 건지
알고 싶었어.

어제 나는 머리를 잘랐는데
이 머리가 잘 어울리는지 혹시 이상한 건 아닌지
남들은 괜찮다고 하는데 우선 네 마음에는 드는지 궁금했어.
네 친구들이 나에 대해 뭐라고 하고
내 친구들은 너에 대해 어떻게 생각하는지
사람들은 우리 둘 사이가 어떨 거라 짐작하는지
우리가 정말 친구라 생각하는지
아니면 너나 나나 어느 한쪽이 누구 한 사람을

일방적으로 좋아한다 생각하는지
아니면 서로 좋아하는데 감정을 숨기고 있다 생각하는지
그런 것들조차 궁금했었어.

말하고 싶었어.

함께 어디를 가자고. 무얼 하자고.
내가 너를 좋아하고 있다고.
언제나 그래왔었다고.
그러니 조금이라도 나와 함께 있어달라고.
그리고 나는 왜 네 여자친구가 될 수 없는지
나와는 왜 친구 사이인 건지
그뿐인 건지 묻고 싶었어.

네가 아무렇지도 않게 하는 말이
내게 얼마나 의미가 되었는지
너와 만나고 돌아서는 길이 얼마나 허무했었는지
너는 몰랐겠지.
너무도 몰랐겠지.

자기 전에 항상 너를 꿈꿨어.
너와 손을 잡고 데이트하는 꿈.
너와 여기저기 돌아다니는 꿈.

그러곤 깨어나서 울어버려.
현실은 그게 아니니까 자꾸 울게 되더라.

몇 년이고 너를 사랑하고
몇 년이고 너를 잊지 못할 줄만 알았어.
우린 아직도 친구지.
언제나 그래.

너를 좋아하면서 나는 몇 명의 남자친구를 만났고
너를 좋아하면서 다른 사람을 내 맘에 집어넣으려 안달했었어.
이제 모두 다 잊어버렸어.
다른 사람을 마음속에 겨우겨우 욱여넣었더니
너도 떠났고 그 사람도 떠났거든.
너만 잊으면 행복할 줄 알았는데 그것도 아니더라.

있잖아.
가끔 드라마에서 속으로 친구를 좋아하며
끙끙 앓는 주인공들을 보면
네가 너무 생각나.
그리고 그때의 내가 너무 생각나.
그래서 또 아무것도 아닌 장면에 엉엉 울곤 해.

정말 좋아했었나 봐.

다 잊었어도 가끔씩 툭 풀려
와르르 쏟아질 만큼
너를 좋아했었나 봐.

그거, 사랑이었나 봐.

6월의 체력장

내가 너에 대해 기억하는 건
6월의 체력장.

뽀얀 흙먼지 너머
윗몸 일으키기를 하고 있는 너를 보려고
까아맣게 깨금발을 들고 기웃거리다가

체육복을 입은 네가
나를 발견하고 번쩍 든 손에
100미터 달리기 때문인 건지
네 웃음 때문인 건지

그 눈에, 흔드는 손에,
터져버릴 것 같았던 내 심장.

우린
눈이 마주치고, 웃고, 다시 돌아서고
단지 그뿐이었던 너와 나의 일상.

그래도 그 시절은
그것만으로도 참 예쁘고 예뻐서.

자꾸 들춰보면 손때 묻을까 봐
모서리가 해져버릴까 봐

잘 지내니.

유년의 너는 부디 그곳에서 행복하길.
언제까지고 나를 향해 그렇게 인사해주길.

나 아직 안 자

집으로 돌아와 씻고
좋아하는 음악을 틀었다가
그마저도 시끄러워
지금은 그냥 멍하니 창문만 바라보고 있어.

창밖 가로등이 고장 나려나 봐.
계속 딸깍딸깍 소리가 난다.

어디선가 밤 고양이 야옹야옹 울고
또각또각 이 늦은 시간 집으로 들어가는 아가씨의 구두 소리.

밤이 이렇구나.
새벽이 이렇구나.

너는
이렇게 나 혼자 남겨진 듯한 외로운 시간에

어디에서 무얼 하고 있는지.

난 아직 안 자.

밤이 소리를 내서 그걸 듣고 있어.

이 풍경에 네 목소리 하나 있다면
나는 하나도 쓸쓸하지 않을 것 같은데.

어디에 있든 내게 전화 한번 해줄래.

아직 안 자.
네가 전화할 때까진 아마 그럴 것 같아.

너의 타투

그녀와 헤어지고 새긴 타투라고 했어.
그 애 팔목에 있는 작은 곰 인형 타투는.

나는 그게 정말 부러웠어.
그 곰 인형이 되고 싶다고 생각했어.

나는 네가

밥 먹을 때
잠잘 때
화낼 때
기분 좋을 때

늘 네 팔목에
그렇게
매달려 있었으면 했어.

잘 자라
잘 자라

교복을 입은 세 친구가 있었다.
한 명은 여자, 둘은 남자였다.

그리고 언제나 이런 이야기의 플롯이 그러하듯

여자는 그중 한 남자를 좋아했고
다른 한 남자는 그 여자를 좋아했으며
여자가 좋아한 그 남자는
그들의 테두리에서 벗어난 다른 여자를 좋아했다.

듣기만 해도 지루한 이들의 러브라인은
결국 스무 살 즈음의 그들을 갈라놓았고
그럼에도 그들은
7년 후 어느 여름밤
함께 바다를 보러 가기로 약속했다.
그 이유는 참으로 복잡한 것이어서 쓰지 않기로 한다.

바다는,

아마
그들이 떠나는 처음이자 마지막 여행.

여자는 잘 알고 있었다.
이미 시간이 너무 지나버려서
그때의 감정은 아주 멀리 사라져버렸음을.
그래서 이 여행이 그들 이야기의 마지막 페이지가 될 것임을.

다시라서 설레지만
끝이라서 슬픈 아주 진부한 이야기.

그럼에도 불구하고 여자는 짐을 꾸린다.
손가락으로 그날을 헤아린다.
머리를 자른다.
화장을 하고 새 신발을 꺼낸다.

여행으로 뭔가 달라질 것도 없다지만
그때 그 눈부셨던 청춘을
다시 한 번 만날 수 있으리라 기대하면서.

바다에 담자.

바다에 담고 영영 만나지 말자.
사진은 찍고 현상은 하지 말자.
앨범에 추억을 넣고
다시는 꺼내보지 말자.

자장가를 불러주자.
그때 우리의 아름다운 모습이 편안히 잠들 수 있도록
우리, 노래를 불러주러

다 같이 그곳으로 떠나자.

그녀는 궁금했다.
주문한 음식이 나올 때마다 "우와! 우와!"
탄성을 질러대는 그녀를 보고
그와 그의 친구들이 떠드는 말이 도대체 무엇인지.

그녀가 알아들을 수 있는 한마디는 오직 "가와이."
이게, 귀엽다는 뜻이었던가.

그와 그의 친구들이 무엇도 알아듣지 못하는 그녀를 앞에 두고
일본어로 끊임없이 떠드는 동안
그녀가 헤헤거리며 기꺼이 그들 대화의 소재가 되어주었던 건
"가와이."라는 말이 그녀가 관심 있었던
'그'의 입에서 튀어나왔기 때문.

그는 그녀를 보고 못 참겠단 표정으로 분명히 말했다.

"가와이."

그리고 친구들에게 뭐라 얘기했고
친구들도 그에게 뭐라 말을 했고
그리고 하하 웃다가 이내 그녀와 눈이 마주치자
입을 꽉 다물었다.
그리고 또다시 뭐라 속삭였다.

그녀가 일본어 공부를 시작한 건 바로 그 때문이었다.
그들이 그녀를 두고 하는 말을 알아듣고 싶어서.

벚꽃이 흩날리는 그쯤부터 공부해
겨울이 오기 직전
그녀는 사람들이 말하는 대강의 일본어를
알아들을 수 있게 되었다.
이상한 건 그녀가 일본어를 잘하면 잘할수록

그는 그녀에게서 조금씩 멀어져갔다는 것.

그녀가 그의 말을 알아들을수록
그의 말에 잘 대답할수록
그의 생각을 정확히 알아맞힐수록
그렇게.

오늘도 그녀는 주문한 음식이 나올 때마다
"우와! 우와!" 탄성을 질러댔다.
먹을 때마다 맛있다는 뜻인 "오이시."란 말을
내뱉는 것도 잊지 않았다.

하지만 그와 그의 친구들은 더 이상
그녀를 두고 그때처럼 말을 하지 않는다.
귀를 쫑긋 세우고 그들의 이야기를 열심히 엿듣지만
그들은 지극히 일상적인 이야기만 할 뿐
그녀에 대한 이야기는 없다.
분명 전과 똑같이 탄성을 지르고 폴짝폴짝 뛰었는데
더 이상 "가와이."라는 말은 없다.

그녀는 음식을 먹으며
그해 봄, 그녀를 두고 그들이 했던 말들을 기억해보려 한다.
기억만 한다면, 그게 무슨 뜻이었는지
이제는 알아낼 수 있는데.

아니면 그때 그가 그녀의 귀에 대고
낮은 목소리로 속삭였던 그 문장.
그것만이라도 기억해낸다면 정말 좋을 것 같은데.

그녀가 그에게 묻는다.

"있잖아. 그 봄, 네가 나한테 했던 말 기억해?"
차가운 표정으로 "아니." 대답하는 그.

일본, 교토에 겨울이 왔다.

봄부터 여름까지 교토를 숨 막히게 했던 벚꽃 향도
어느새 찬바람에 잡아먹혔다.

그녀의 봄에 핀 벚꽃은 지지 않고
이 찬바람에 매달려
따스했던 그 봄만 그리워하고 있는데.

너의 우주

나는

네가 선물한 우주에서 살고 있어.
띠롱띠롱.

무너지는
나의 하늘로

무너지는 하늘이 좋을 때가 있어.

오렌지색으로 물들어
아스팔트에 닿을 듯 내려앉은 그 하늘.

그 하늘을 보면 저도 모르게 뭉클해져
마음이 아프기도 하고 좋기도 해.

사랑이라고 말했니?
그게 어떤 거지?

너와 함께 있을 때 내 마음은
언제나 무너지는 하늘 같았어.
뭉클하고, 아프고 좋은
바로 그 마음.

그게 나에겐 사랑이었는데
너에게 사랑은 어떤 하늘인데?
알고 싶어.

네 사랑은 너무나도 맑은 하늘이라
내 무너지는 하늘과는 섞일 수 없다고 대답한다면

이 좁은 땅에
흐린 곳도 있고 맑은 곳도 있듯
내 마음도 그만큼 넓어서
너의 하늘까지 품을 수 있단 얘길,

나는 꼭 하고 싶으니까.

나는 또,
하고 있다

샤프를 내 나이만큼 찍어 누른 뒤 하트를 그리고
그 안에 그 사람의 이름을 적고선
샤프심이 부러지지 않을 때까지 하트 속을 채우면
사랑이 이루어진다고들 했었다.

열다섯에도
열여섯에도
열아홉에도
하물며 스물넷에도
나는 그런 짓을 하곤 했다.

깨달은 건
내 나이만큼 샤프심을 빼는 횟수가
결코
무의미한 일은 아니었다는 것.

어른이 될수록 이루어지기 힘든 건
다름 아닌 짝사랑.

챙길 자존심이 너무나도 많아져서
계산할 절실함이 넘쳐나서
이래도 되나 싶은 망설임이 몹시도 찰랑거려서
짝사랑 주제에
재고, 만지고, 살피고, 또, 또, 살피는 나.

스물도 한참이나 넘었으니
이제는 번거로워 안 할 줄 알았지.
하지만 나는 여전히 또,

하고 있다.

봄의 투정

공중전화부터 얘기하는 게 좋겠지. 그때가 1998년 1학기 중간고사가 끝나고 1, 2주 뒤. 그러니까 5월이나 6월이었겠지. 수요일쯤으로 해. 다음 날 학교에 갔으니까. 그리고 그다음 날에도. 그러니까 수요일쯤인 거야. 바로 그날 전화가 왔어. 휴대폰이 어디 있어. 전부 집 전화기를 쓰던 때. 삐삐 같은 게 있긴 했지만 학생이었기에 그런 건 부모님 몰래 사용하던 시절. 그래서 내게 연락을 하려면 우리 집으로 직접 전화를 해야만 했던 시절. 번호를 누르고 "여보세요? 이렇게 늦은 시간에 죄송합니다만, 저는 친구 누구라고 하는데요." 해야 통화를 할 수 있던. 밤 10시에 누군가의 집에 전화를 거는 건 무척이나 실례라고 생각되던 그 언젠가, 밤 11시 30분이 넘어 우리 집으로 전화가 온 거야.

거실에서 전화벨이 울리자 나는 누구보다 빨리 전화를 받았어. 그 시간에 오는 전화는 내 전화가 분명했으니까. 그 전화를 우리 부모님이 받기라도 하면 잠깐의 침묵 후 뚝, 예의 없이 전화가 끊기곤 했으니까. 그러면 나는 아빠에게 "이게 누구 전화냐? 혹시 남자친구냐?"라는 추궁을 받아야 했으니까. 그래서 난 누구보다 빠르게 전화를 받았지.

"여보세요? … 여보세요?" 수화기 너머에서 한참 가만히 있던 너는 내가 짧은 한숨을 쉬고 이내 전화를 끊으려 하자 바로 대답했어. "좀 나와볼래? 집 앞인데." 심지어 너는 네가 누군지 밝히지도 않고 내게 나오라 했잖아. 무슨 자신감으로. 그런데 나는 네가 누군지도 모르고 나간 거였잖아. 겁도 없이.

그게 분수대 앞이었는데. 우리 집 앞에 있던 작은 분수대. 물줄기가 나오는 걸 6년 동안 딱 세 번 봤던 무지개 색깔의 분수대. 그 앞에 네가 서 있었어. 빡빡 민 머리를 쑥스럽다는 듯 문지르며. "내가 널 좋아하는데." 내가 빤히 쳐다보자 그제야 너는 네 이름을 말했어. 그러곤 인사했지. "안녕." 보통 사람들은 말이야. 처음 만났을 때 먼저 자기 이름부터 말해. 그다음에 좋아한단 고백을 하지. 그런데 너는 전부 거꾸로. 반대로. 난 너를 잠시 보다가 네 고백에 대한 대답을 했어. "근데… 머리는 왜 잘랐어?" 네 눈은 동그래졌고 곧 다시 물었어. "너… 나를 알아?"

당연히 알지. 시험을 볼 때 반을 바꾸잖아. 그 반에 네가 있었잖아. 다들 너에 대해 수군댔어. "야, 저 오빠 괜찮지 않냐?" 난 정확하게 그런 사람에게 관심이 가. 모두가 좋아하는 사람. 지금 이곳에서 가장 멋진 사람. 그래서 널 알고 있었어. "응. 우리 시험 때 같은 반이었잖아." 내 대답에 넌 좀 어려운 문제를 앞에 둔 아이 같은 표정으로 다시 물었지. "그럼 넌 내가 너보다 선배라는 것도 알고 있단 얘기네?" 그때 내가 널 보고 활짝 웃었던 것 같아. 네가 자꾸 당연한 소리를 하니까 좀 웃겼거든. "응. 넌 3학년 난 2학년. 그게 왜?"

허. 웃었던 너는 뭔가를 후회하는 느낌이었는데, 그러니까 좀 더 정확히 말하자면 방금 내게 했던 고백을 바로 후회하는 느낌. '아, 쟤가 저런 애였나. 내가 상상하던 애는 아니네.' 그런 투의. 하지만 난 개의치 않았어. 어차피 난 너와 잘될 생각이 없었거든. 그다음에 네가 내게 뭔가를 더 말했던 것도 같은데 그때부터 내가 너한테 쭉 했던 얘기는 한 가지였어. "있잖아. 내 친구가 너를 좋아해."

사실 나도 네가 좋긴 했어. 근데 그건 좀 별거 아닌 게, 아, 뭐랄까, 나는 원래 사랑에 잘 빠지는 타입이랄까. 특히 모든 사람들이 관심 있는 사람을 덥석 좋아하곤 했지. 그게 이상하다면 이상한데 난 그저 남들이 좋아하는 걸 좋아했을 뿐이야. "쟤가 그렇게 멋지대." "와, 진짜? 그럼 나도 좋아." 하지만 좋아하는 감정에도 경중이라는 게 있잖아. 그렇게 치면 내 마음은 가볍디가벼운 새털에 가까웠는데 그렇게 생각하게 된 건 내 감정이 어떤 친구의 감정과 비교됐기 때문이야. 내가 너에게 말했던 바로 그 친구의 감정. 그 앤 너를 좀 무겁게 좋아하는 듯했어. 그도 그럴 것이 로즈데이라고, 왜 학교의 모든 사람들이 칠렐레팔렐레 장미 한 송이씩을 들고 다니는 그날 있잖아. 아침부터 학교는 장미, 장미, 난리도 아니었는데 다들 뭔가 둥둥 들떠서 어느 반에서 누가 장미를 받았네, 걔가 어떤 대답을 했네, 딴 반의 누구는 백 송이네, 또 다른 반의 누구는 천 송이네, 아무튼 그날. 1998년 5월 14일. 그날 네가 장미 한 송이를 들고 있었거든? 전후 사정은 몰라. 그걸 누구한테 받은 건지, 아니면 누구한테 줄 거였는지, 혹은 친구의 장미를 잠시 들고 있던 거였는지 그런 건 난 모르겠고 그저 내가 아는 건 교실 창턱에 매달려 본 풍경 속 너의 모습. 그곳의 너는 교문 즈음에 서서 장미 한 송이를 들고 있었고, 웃었고, 얘기를 나누다 곧 너의 친구들과 어울려 집으로 갔다는 것. 보면서 생각했지. '아, 저 오빠. 장미를 받았네?' 근데 친구는 울더라고. 너에게 분명히 여자친구가 있을 거라면서. "엉엉. 어떡해?" 울다니. 울어버리다니. 아니, 그게 울 일이야? 아, 그렇다면 나는 물러날게. 친구야, 네가 진짜야. 야, 난 도무지 눈물은 안 난다. 같이 멋있다고 우쭈쭈 해줄 수는 있는데 엉엉 울기까진 못하겠어. 내 마음이 도무지 그 정도는 아니거든. 그래서 너에게 그 얘기를 했던 거야. "있잖아. 내 친구가 너를 좋아해."

"인사나 하고 지냈으면 좋겠어." 너는 내 말을 듣지 못한 사람처럼 내게 그런 제안을 했어. "아, 그럴까?" 이것은 내 대답. 뭐랄까. 나는 사실 딱히 의리가 있는 타입은 아니랄까? 그래서 냉큼 대답을 했던 것 같아. "알겠어." 그러고 집으로 돌아와 침대에 앉아 가만히 생각을 해보니 갑자기 확 겁이 나. 아이 씨, 내가 왜 인사를 하겠다고 했지? 에이 뭐 어때, 사귀는 것도 아니고 인사만 하는 건데. 아니지, 인사를 하다가 친구가

"야, 너 저 오빠랑 어떻게 알아?" 물으면 뭐라고 할 건데. 괜히 늦게 말했다가 개 빈정만 상하는 거 아니야? 아, 어쩌지? 말해야 되나? 아닌가? 모른 척할까? 뭐라고 하지? 밤새도록 고민하다 결국 난 친구에게 너의 고백에 대해 털어놓았어. 그리고 그 얘길 들은 친구는 정확히 점심시간부터 석식 때까지 나를 왕따시켰지. 뭐, 개도 심성은 고운 아이라 딱히 못되게 왕따를 시킨 건 아니고 그냥 내가 말을 걸면 씹는 정도. 근데 난 그때 그것도 억울했다. 내가 왜 이런 취급을 받아야 되나. 내가 먼저 너한테 꼬리 친 것도 아닌데. 네가 네 멋대로 날 좋다고 한 게 왜 왕따 감인가. 아, 짜증이 난다. 근데 지금 생각해보니 나라도 나랑 얘기하기 싫은 게 "야, 있잖아. 네가 좋아하는 그 오빠 말이야. 실은 날 좋아한대. 어제 집 앞에 찾아와 고백하더라?" 와, 이건 듣기만 해도 정말 아니잖아. 반나절 왕따에 그친 걸 다행으로 여겨. 이 정도는 반 년은 왕따를 당해도 할 말이 없는 느낌이거든.

친구랑 잠시 멀어진 기분에 지레 겁을 먹은 나는 인사를 하자는 너의 제안을 깔끔하게 무시하기 시작했는데 그날 점심시간인가 쉬는 시간인가 지나다 마주쳤을 때 쌩. 아, 아닌가? 인사를 하긴 했었나? 마주쳤던 건 그다음 날이었나? 네가 고백을 했던 그날은 전부 다 기억이 나는데. 불어오던 바람의 방향까지 다 떠오르는데. 그다음에 내가 네게 어떻게 했었는지는, 정말 인사를 했는지 안 했는지는, "안녕?" 말했는지 "안녕하세요." 고개를 숙이고 쓱 지나쳤는지는, 그런 건 정말 기억이 하나도 안 나. 그저 그 일 이후 다음 기억은 이거. 늦은 저녁 자습이 끝나고 집으로 돌아오던 길. 우리 아파트 앞에서 날 기다리던 너의 모습. 고개를 푸욱 숙이고 터벅터벅 집으로 걸어가다 문득 앞을 보니 후드 티를 입은 네가 나를 기다리고 있던. 무슨 일이 있었냐는 듯 나를 보고 웃던 너와 "저를 기다린 거예요?" 묻자 왜 오늘은 존댓말이냐고 묻던 너. "그냥. 왠지 멀어진 기분이라서." 중얼거리자 "그래? 나는 더 가까워진 기분인데." 말했던. "근데요. 선배님. 제 친구가…."

그때 너는 내 이름을 불렀고
지금까지도 잊을 수 없는 그런 말을 했어.

사실 너는 말이야, 지금까지의 내 인생에서 치면 그렇잖아, 너나 나나 서로가 서로에게 뭐가 그리 중요한 사람들이겠어. 첫사랑도 아니고 마지막 사랑도 아니고 뜨거운 사랑이나 가장 오래 만난 사람도 아니야. 그냥 그 어디쯤 대충 하나 점 뚝 찍은 그냥 그런 사람. 얼굴 따위 입었던 옷 따위 목소리 따위 전부 다 어떤 현상처럼 남겨질 뿐 이름 석 자 겨우 기억이나 할까 말까. 몇 년 지나면 전부 없어져버릴 그런 인연일 수 있었는데 그때 네가 했던 그 한마디로 나는 너의 전부를 기억하게 된 거야. 이토록 오랜 시간이 지난 바로 지금까지도.

가끔 생각해. 그때 난 잘했던 걸까, 아닌 걸까. 내가 했던 행동들은 괜찮았던 걸까, 아닌 걸까. 신중했을까, 경솔했을까. 대답은 늘 후자야. 나는 늘 후회했어. 친구를 잃더라도 너와의 인연을 소중히 여기는 게 맞았을 것 같다. 그 감정을 지켜보는 게, 그 감정대로 행동해보는 게, 그렇게 뭐 하나 만들어보는 게. 그렇게 하지 못한 걸 여전히 후회해. 넌 분명, 아주 혹시라도, 정말 아주 혹시라도 내 얘기가 나오면 나에 대해 이렇게 말할 거라는 걸 내가 아니까. "아, 걔? … 진상이야." 내가 너에게 그런 사람이 되었다는 게 끝끝내. 정말 끝끝내.

하지만 잘되었더라도 나는 여전히 너에게 진상일 예정인데 그건 정말 내가 진짜 그런 사람이라서. 친구가 개입되었던 건 어쩌면 잘된 일. 내가 너에게 진상이었던 게 오로지 친구 탓이라고 변명할 수 있게 되었잖아.

가끔 상상했어. 그때 내가 너에게 이런 말을 했다면 어땠을까. "응. 나도 네가 좋아." 내 친구가 너를 좋아한단 말 대신. 내가 웃으며 인사를 했다면 어땠을까. 고개를 숙이고 빠르게 지나가버리는 대신. 그다음에도 그다음에도 찾아온 너를 보고 뒤돌아 도망가지 않았더라면. 마지막 즈음엔 너무나도 짜증나는 얼굴로 "전 선배가 생각하는 그런 애가 아닌데요?" 말하지 않았었더라면. 졸업식 날까지 너의 눈빛에 픽 고개를 돌려버리지 않았더라면 낫지 않았을까. 진상까진 아니지 않았을까. 나 있잖아. 사실 네가 나에게 완전히 실망해버린 그 눈을 잊을 수가 없어.

훗날 네 얘기가 나오니 그때 그렇게 울었던 그 친구가 그러더라. 네가 누구냐고. 기억이 나지 않는다고. '뭐야. 너도 겨우 그 정도의 마음이었다면 결국 나처럼 새털 같은 마음이었다면 내가 잘해볼 걸 그랬잖아?'라는 이야기는 하지 않았어. 대신 그런 얘길 했어. 왜 너와 계속 연락하지 않았냐는 질문에 그냥 내 원래 모습을 보여줬더니 네가 도망가버렸다고. "알지? 내 진짜를 보여주면 다들 도망쳐버리는 거. 난 그냥 원래대로 행동했는데 마치 괴물이라도 본 것처럼 뒷걸음을 치더라? 하하하." 과장이나 변명이었다고 생각해? 아니. 난 분명한 사실이라고 생각해. 말했잖아. 너는 나한테 완전히 실망했어. 나는 분명 그걸 기억해. 그리고 난 그것에 상처받았어.

사람들은 말해. "솔직히 네가 상처받을 일은 아닌 것 같은데?" 맞아. 내가 그 정도는 아니지. '내 친구가 널 좋아하고 있어서 나는 너랑 잘될 수가 없어요.' 하는 듯 보였겠지만 결국 나도 할 건 다 했거든. 인사를 하자는 너의 제안도 오케이. 집으로 찾아온 너와 이야기도 나눴고. 따로 연락을 한 적도 많았어. 수능시험 때는 초콜릿을 챙겨주기도 했어. 그런 내가 무슨 상처를 받았겠어. 그런데 받았어. 왜냐하면 나도 갖고 싶었으니까. 엄청나게 갖고 싶었는데 꾹 참았으니까. 나와 어울리지도 않는 얕은 의리 같은 걸 들먹이면서. 하지만 사실 그런 의리는 안중에도 없고 '이 정도는 해도 되겠지.' 생각하며 어느 정도는 너와 만나려고 했으니까. 그러다가 결국 내 못난 모습을 들켰고 너의 실망하는 눈을 보게 되었으니까.

난 그런 핑계를 대고 싶었어. 난 말야. 사실 좋아하는 사람에게 어떤 식으로든 최선을 다하는 편이거든? 그런데 너한테는 그럴 수가 없었어. 왜냐하면 네가 날 너무 좋아하면 안 되니까. 그래서 에라 모르겠다. 마음대로 굴어보자. 이래도 날 좋아해? 이래도 날 좋아해? 해봤는데 결국 그런 제멋대로에 네가 실망해버렸잖아. 그러니까 이건 내가 못나서가 아니라 전부 내 친구가 너를 좋아한 탓이야. 알았니? 하지만 그래, 난 알고 있었어. 그건 전부 내 탓이었다는걸. 난 친구가 아니었어도 너에게 그런 행동을 했을 거야. 그게 원래 나니까. 그게 진짜 내 모습이었으니까.

나는 있잖아. 여전히 5월이 싫다. 난 원래 봄을 싫어했어. 사람들은 전부 들떠서 좋아라 하는데 난 사실 한 번도 들뜬 적이 없어서. 항상 불안했거든. 짝을 찾지 못할까 봐. 하지만 그런 날엔 난 네가 했던 그 말을 떠올리곤 해. 내가 네게 했던 창피한 짓은 다 잊어버리고 그저, 그냥, 그 밤에 네가 나에게 했던 그 말만. 그러면 그 봄날의 냄새까지 전부 다 기억이 나서, 그 밤의 공기가 너무 따스했던 기억이 나서, 내가 했던 부끄러운 짓은 모두 사라져버리고 그저 너의 따뜻함만 떠올라서, 스스로가 너무나도 초라해 거울조차 보고 싶지 않은 그런 날에 나는 너의 말을 떠올리곤 해. 그러면 나는 웃기도 해. 거울을 보고 좀처럼 웃지 않는 내가 헤헤 웃기도 해. '아, 그랬었지. 맞다. 그랬어.'

나는 그때의 모습, 그러니까 네가 실망했던 그 모습 그대로 여전히 살아가고 있다. 이제 와 뭘 어쩌겠어. 그 옛날 일들은 전부 용사들의 무용담이 되어 그 시절 친구들을 만나고 돌아오면 재미는 있긴 한데 어쩐지 마음은 더 공허해지기도 해. '그때는 그랬는데 지금의 나는 무엇이지?' 하는 생각에 텅 비어. 자꾸만 마음에서 통통 소리가 나. 내가 그때 어땠고 재가 그때 어땠다. 우리가 그땐 어땠었지. 하하하. 웃으면 뭐해. 다 지나가버린 일인걸. 이제 다시는 만날 수 없는 시간인걸. 현실에 치여 사는 게 버거워도 친구들에겐 버겁다 투정 못 해. 걔들도 힘들 텐데 무슨 투정이야. 우린 다 같이 참고 있는 거잖아. 그렇게 살고 있는 거잖아. 통통 소리 들으며. 귓가에 자꾸자꾸 통통. 통통. 봄이 돼도, 꽃 냄새가 가득 나도, 즐겁지 못한 채 그렇게 살지. 내 인생의 모든 봄이 늘 그렇듯 아주 잔인하게. 그래도…

나는 네가 좋았어.

깃털만큼 가벼운 마음이었지만

그 안에 꽉꽉 내 진심을 담았거든.

서툴러서 미안해. 너에게 실망만 준 것도.

하지만 난 네가 보여줬던 그 마음에 가끔 위로를 받곤 해.

따뜻해줘서 정말 고마운걸. 잔인하고 잔인한 이 봄에.

네가 했던 그 말은 마치 꽃잎 같아서

봄이 오면 그 꽃잎은 내 마음에 나풀나풀.

그래서 나에겐 이제, 봄이 그때만큼 잔인하지 않아.

툭, 움찔,
그리고

당신이 착한 사람이라는 건 알았어요.
좋은 사람이고 정이 많은 사람이라는 것도.

그런데 나는
참 외로운 사람이거든요.

한없이 외로워서
누가 툭 스치고 지나만 가도 움찔하고
따뜻하다 생각해요.
그렇게 푹 빠져버리는걸요.

난 그런 사람이에요.
그래서 당신이 착한 사람인 게 정말 싫어요.
모두에게 착한 사람이라 더욱 싫어요.
내가 못나도 잘난 사람처럼 날 좋아해주는 당신이
너무 싫어요.

사랑이 넘쳐나는 사람들에게만 친절해주세요.
나처럼 외로운 사람에겐 친절하지 말아주세요.
좋아하지 않는다면 더더욱 못돼주세요.

그게 외로운 사람을 대하는 올바른 방식인걸요.

이미 네가 이긴 게임에서

모두가 함께 있는 자리에서 전화를 받고
잠시 바깥으로 나가는 너를 볼 때.
"주말에 뭐 했어?" 묻는 내 말에
"그냥 뭐." 뭉뚱그려 대답할 때.

"야, 요즘 걔 만나냐?"
내가 모르는 '걔'의 이야기를
너와 네 친구는 알고 있을 때.
"여자친구? … 글쎄."
네가 긍정도 부정도 아닌 대답을
무심히 해댈 때.

나는
나는

세상에서 가장 멍청이가 된 것만 같아.

내가 모르는,
나는 갈 수 없는 어느 공간에서
다른 사람과 함께 있는 너.

"어제는 뭐 했어?"
"그 옷은 새로 산 거야?"
"거기엔 왜 갔는데?"

정답을 다 알고 있는 너와
그 수수께끼를 단 하나도 풀지 못하는 나.

혼자 사랑하는 사람에게
그것만큼 비참하고 어려운 게 없는데.

꼭 그렇게까지 해야 했니.
이미 너는,

나를 좋아하지 않는 것만으로도
이긴 거나 다름없는 이 게임에서.

어디로
가는 걸까

예전엔 만나자는 한마디조차
속으로 몇 번을 곱씹어 생각하고
전화기 앞에 앉아
몇 번씩 수화기를 들었다 놨다
그렇게 겨우 번호를 누르고 연결이 되면
신호음이 가는 사이에도

거절당하면 어쩌지?
물어봐도 괜찮을까?
싫다고 하면 뭐라고 하지?
아, 그냥 끊을까?

그렇게 수없이 되뇌고
고민하고 고민하다 꺼내는 한마디가
"저기… 주말에… 약속 있어?" 정도였는데.

쉽다.

생각할 것도 없이 휴대폰을 열고 메신저에 [만날까]
취소도 쉽고 승인도 쉽고
싫다고 해도 무표정한 얼굴로 [ㅋㅋㅋ] 웃을 수 있고
그렇게 영원히 상처받지 않을 것처럼 행동할 수 있고

그래서

나
너
우리는

어디로 가는 걸까.

생각만 해도
얼굴 빨개지는 기억

좋아했던 남자애가 있었다.

우린 서로에게 "좋아한다." 소리 내어 말한 적은 없었지만
나는 확신했었다.
저 애는 날 좋아하고 있다고.

설레었다.
그 애가 바래다주던 길이.
함께 마시던 흰 우유가.
조심스레 잡은 땀내 나던 손 마디마디가.

기다렸다.
좋아한다고 고백해주길.
"우리 만날래?" 먼저 말해주길.
조바심이 났지만
참을성 있게 기다리던 시간이었다.

우유
Milk
우유
Milk

하지만 어느 날부터 시간이 뚝 쪼개진 것처럼
녀석은 다른 여자애와 만나기 시작했다.

"저기. 날 좋아한 게 아니었어?
서로 그랬던 게 아니었어?
어떻게 이럴 수가 있어?"
용기 내 퍼부은 울분에 그 애가 대답했던 건,

미안하지만 너를 만났을 때
내가 무얼 했는지 떠오르지 않는다.
그 감정들을 완전히 잊었다.
오직 지금의 여자친구를 만난
그 시간부터만 생각나고 기억난다.
나한텐, 이제 그게 중요하다.

나는 그 애의 대답에 뭐라고 맞받아쳤던가.
그날 집으로 돌아오던 길, 무슨 생각을 했던가.
풍경은 어땠고 냄새는 어땠지?
그다음부터 그 애와 마주칠 때마다
나는 또 어떤 표정을 지었던가.

나 역시 그걸 완전히 잊었다.
다만 그 친구와 어떻게 됐냐는 내 친구들의 질문에

"야, 그 자식 완전 바람둥이야.
내가 당했어. 처음부터 양다리.
진짜 못된 놈이지 않니?"
… 이런 대답.

그러나 난 분명 알고 있었다.
그 애는 절대 바람둥이가 아니었고
양다리도 절대 아니었고
못된 놈 역시나 아니었다는걸.

다만 내가 스스로 그 잔인함을 받아들이기에
너무 자존심이 상해서
내 마음대로 그 친구를
나쁘고 못된 놈으로 만들어버렸다는걸. 그래서 이건,
시간이 아무리 지나도

여전히 얼굴 빨개지는 부끄러운 기억.

저기… 이제라도 괜찮을까?
나, 그 여자애한테 완전히 졌어.
너는 나를 좋아하지 않았고 오직 그 여자애뿐이었다고
깨끗하게 인정하면 됐을 텐데 나 그걸 못해서
'아니야. 넌 나를 좋아했고, 그래서 양다리였던 거야.'

늘 생각했었지.
그렇지만 나,

내 얼굴 조금 덜 빨개지고 싶어서
그때의 너를 덜 미워하고 싶어서
가끔씩 네 생각을 하고
그렇게 우리의 시간을
너처럼 아예 없던 일로 만들어버리고 싶진 않아서.
그 시간들이 그래도 내게는 조금 소중했으니까.

하지만 이제라도 꼭 말해줄게.
맞아, 너는 나를 좋아하지 않았어.

아프지만
분명히 그래.

비워내도
비워내버려도

내겐 참 다정하고 잘했던 너였지만

밥은 먹었는지
집엔 잘 들어갔는지 물어보는 사람은
네게 따로 있었지.
사랑한다 말하고 따뜻하게 안아주는 건
내가 아닌 다른 사람.

나는 너를 너무 좋아해서
그래서 네 앞에선 착한 척을 하면서
뒤로는 내 사랑을 받아주기를
그 여자와의 사랑이 끝나기만을 바라던
못된 사람이었어.

단 한 번이라도 듣길 바라면서.
밥은 먹었냐는 따뜻한 목소리를.

집에 잘 들어갔냐는 다정한 목소리를.
사랑이 듬뿍 배어 있는 그 눈이
나를 바라봐주길 바라면서.

그때는 그렇게 너와 나 사이를 놓지 못한 채
무조건 울기만 했어.

사랑하고 싶어서.
사랑받고 싶어서.

울 수밖에 없었어.
우는 것 말곤 다른 방법이 떠오르지 않아서.
비워내도 비워내도 차오르던 슬픔을
다시 비워내는 방법이.

내 전부였던
너에게

너의 이름을 지금까지 쓸 줄은
1997년의 나도 몰랐어.
그런데 이렇게 쓰고 보니 또 할 말이 있어.

너에 대한 내 마음이 깊었구나.
참 애틋했구나.
그래서 내가 감히 사랑이라 불렀던 거구나.

나는 네가 아닌,
너를 잊게 해준 사람도 아닌,
단 하나의 사랑이라 믿었던 사람도 아닌,
또 다른 사람 곁에서 잘 지내고 있어.

문득문득 마주치는 너의 이름에
여전히 마음이 철렁, 내려앉는 나이지만
사람들이 가끔씩 묻는 너의 안부에

아무렇지 않은 듯 대답하면서
혹시라도 네가 직접 그 안부를 전할까 두려워
메신저를 탈퇴해버리는 나이지만
천만 번의 기회가 다시 오더라도
시간을 되돌려 너에게 갈 수 있는 기차표를 얻게 되더라도
나는 지금의 현실을 지키기 위해
여전히 똑같은 선택을 할 테지만

응.

너는 나의 처음

마음
처음
계절
처음
사랑.

그래서 언제나 네가 소중하다는 말.
그건 또다시 10년이 지나더라도 그럴 거라는 말을
나는 꼭 하고 싶었어.

너의 생일을 여전히 기억하고

너의 예전 전화번호를 여전히 외우고 있는 나이지만
이제 더는 그런 것들이 사랑의 증거가 될 수는 없으니까.

잘 지내주고 있는 네게 정말 감사해.

나의 첫사랑.
내가 기억하는 그 단단한 네가
여전히 이렇게 잘 살아주고 있어서

나는 참 좋아.

여름,　　　한없이 투명했던

심장이 가슴에만 있다고 생각해?

머리에도 있고 손목에도 있어.

너를 만날 때

나는 그게 다 뛰는 거야.

그렇게
시작해

오늘 아침 머리를 감는데 샴푸가 없어 비누로 감았어.
푸석푸석해 린스를 찾았는데 린스도 없지 뭐야.
게다가 화장을 하려는데, 뭐야, 왜 이렇게 뜨는 거지?
어제 술을 많이 마신 것도 아닌데 정말 마음에 안 들어.
기분 전환하려고 아껴뒀던 바지를 꺼내 입었는데
아! 끼여. 나 살쪘나 봐. 바지가 불쾌하게 들어가는 기분.

어찌어찌 밖으로 나와 버스를 탔는데
친구가 오늘 약속 못 지킨다고, 미안하다고 전화를 했어.
기분이 상해 친구에게 몹쓸 말을 해버리고
그냥 들어오긴 더 싫어 다른 친구에게 연락했는데
모두 바쁘대.

혹시나 해서 지금은 친구로 지내고 있는
예전 남자친구한테까지 전화했는데
그 녀석, 새 여자친구가 생겼는지 내 전활 안 받아.

우와. 벌써 날 잊은 거야?
아직 한 달도 안 됐는데?

이젠 오기가 발동해 혼자라도 어딜 가야겠다 싶어
어느 공원 앞에서 내렸는데
큼큼, 목이 마르잖아.
음료수를 사려고 가게에 들어갔는데
아아, 나 지갑을 놓고 나왔나 봐.
동전지갑은 챙긴 것 같아 찾아보니 딱 백 원이 모자라.
아줌마는 얼른 계산이나 하라는 얼굴.

포기하고 터덜터덜 공원 벤치에 앉았는데
으악! 새똥이 있었나 봐.
바지에 다 묻고 말았네.
공원 화장실로 뛰어가는데 갑자기
후둑후둑 떨어지는 빗방울.

아, 오늘은 망했구나.
흰 바지에 흰 티셔츠 입고서 비까지 맞으면
정말 우스운 꼴이 되지.

최악이네 오늘, 생각하고
뭔가 다 포기한 상태로 멀거니 그 비를 맞고 있는데

갑자기 비가 뚝 그쳐버렸어.
딱 내 머리 위에만.

돌아보니 우산을 씌워주고 있는 한 남자.
어디서 많이 본 얼굴인데… 누구지?

"감기 걸리겠다." 웃는 이 남자는
되게 멋있지도 않고 그저 평범한 사람.
그런데 왜일까.
최악의 상황에서 날 꺼내주는 구세주 같아.

"… 고맙습니다."
"어디까지 가요?"

흘끗흘끗 쳐다보며 어색하게 걸음을 옮기는데
생각해보니 나 오늘 그다지 최악의 날은 아니야.

시작하는 게 그래.
별것도 아니야.

만 개의 고통 중 단 하나의 행운.
처음에는 사소하고 아무것도 아닌데
사랑이 되고 나면 그게 전부인 거야.

그렇게 시작해.
네가 있는 공간에서 숨을 멈추고 잠깐 떠올라
너의 머리 30센티 위에 있는 행운에 닿아봐.

그게 사랑일 테니.

생활의 기적

맞아, 난 너에게 아무것도 아니었어.

하지만 너는 내게

굉음에 놀라 올려다본 하늘 위를 가르는
닿을 듯 가까운 거리의 비행기 밑면.

컴퓨터 화면만 보다가
귓가를 간질이는 기분에 돌아본 창밖
말없이 내리던 4월의 눈.

냉장고에 남은 단 하나 오래된 계란,
프라이팬에 톡 깨트려보니
말갛게 퍼지는 두 개의 노른자.

그리고 청소를 하다 발견한,

서랍 안쪽 대롱대롱 매달려 있는
학창시절 나만 좋아했다고 생각했던 남자애의
'나도 널 좋아해.' 쪽지.

너는 내게
볼 때마다 두근거렸던,
지칠 때마다 위로가 되던,

생활의 기적이었어.

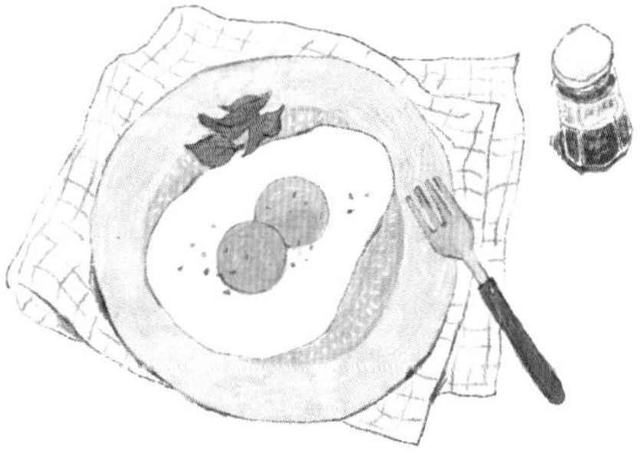

덜컹덜컹

너무 좋은 기분, 너도 알지?

머리가 멍
귀가 찡
심장이 덜컥 덜컥 덜컥
오래된 기찻길을 지나는 것 같은 그런 기분.

지하철에 탔는데
너한테 온 전화를 받고
끊고
그다음

밀려오는 웃음을 어쩌지 못해
숨기지 못해
손바닥으로 얼굴을 가리고 킁킁 웃는 나.

너무 좋아서
너무너무 좋아서
아침에 일어나 빳빳한 티셔츠만 봐도
자꾸 웃음이 나는데.

구름 위를 걷고, 걷고, 또 걷다가
왈칵 슬퍼지는 건
이러다 당장이라도 뚝

끝날 것만 같아서

종이 싹 접듯
주머니에서 손 쓱 빼듯
그렇게

사라져버릴 것만 같아서.

잠만 잤으면
좋겠다

하루 종일 그 사람 전화를 기다리는 게
1분 1초 온 촉각을 곤두세우는 게
너무나도 살 떨려서

끊임없이 잠만 잤으면 좋겠다.

생각이 멈추니까.
아프지 않으니까.
기대하지 않으니까.

잠만 자다가 그 사람 전화 오면 그제야 깨고
다시 기다리지 않기 위해 또 잠이 들고
나, 하루 종일 그랬으면 좋겠다.

네가 내게 가끔 와,
쿵 소리 나게

그러니까 꽃처럼 마음처럼
뭐든지 피어나던 시간.

내가 너이기도
네가 나이기도
서로가 무엇인지 자문하지 않아도
상관없던 시절.

쿵 소리 나게 마음이 내려앉아도
괜찮아, 너여서 나는 괜찮아.

너는 나의 새봄처럼
가디건처럼
새싹처럼
가끔 오는 거야.

1년에 한 번 봄이 찾아오듯
비가 오면 무릎이 시리듯
잘린 팔의 감각이 무심코 되살아나듯

있잖아.
나는 너를 용서했어.

그래서 네가 내 팔을 가져갔어도
더 이상 아프지 않아.

프롬 시드니 From. Sydney

his letter

너는 가끔 편지를 받겠지.
영어로 쓰인 낯신 내 이름.
천천히 읽은 후에야 나라는 걸 알겠지.

하늘이 청명하고 나무도 푸르른 이곳은
다른 시간, 다른 언어, 다른 사람들이 있어.

처음엔 겁에 질려
생각하느라
완벽한 문장을 만들어내느라
하고픈 말도 못 했었지.

꿀 먹은 벙어리처럼 서서 그들을 바라보고 있으면
두 번 이상 내게 묻지 않고 발걸음을 돌렸어.

내가 할 수 있는 일은 아무것도 없었어.

나를 필요로 하는 곳도 아무 데도 없었지.

그래서 난 어느 부둣가
커다란 배가 생선을 가득 싣고 오면
그걸 나르는 짐꾼이 되었어.

그 일은, 최소한의 영어만으로도 할 수 있는 일.
이곳에서의 내가 유일하게 할 수 있는 일.

'Hey'는 내 이름.
하지만 아무도 내게
"이봐. 네 이름은 왜 '이봐'인 거지?"
묻지 않아.

낯선 땅, 흰 피부를 가진 사람들이 많은 이곳에선
구릿빛 피부를 가진 동양 남자의 이름은 'Hey'여도 괜찮거든.

네가 좋아하는 글로리아 진스의 커피도
네가 좋아하는 빌라봉의 수영복도
네가 좋아하는 BMW도 이곳에선 흔해빠진 것들.

나는 아침마다 글로리아 진스로 가
지루한 표정으로 줄을 서서

달짝지근하고 양이 많은 커피 한 잔을 받아들고
빌스에서 파는 가장 싼 팬케이크를 사 부둣가로 가는 거야.
그게 내 아침이자 점심.

하루 종일 생선을 나르다 보면
비린내에 뇌가 빠질 것만 같은데
찡그린 채 어깨에 생선 짐짝을 얹고 가던 어느 날
어떤 사진작가가 그걸 찍어가기도 했어.

나는
혼자 밥을 먹고
혼자 잠을 자고
혼자 산책을 해.

한국말을 잊어버릴까 봐
집에선 안 하던 혼잣말도 자주 한다.

아직도 무슨 소린지 모르는 뉴스를 보다가도
주인집 아주머니가 너무 빨리 소리칠 때에도
한국말을 해.
잊지 않기 위해서.
그래도 잊어버릴 것 같으면 네게 편지를 써.
내 일상에 대해. 낱낱이. 거짓 없이. 모든 걸.

시험을 망쳤다는 얘길 들었어.
모처럼 나간 소개팅에서
애프터 신청이 들어오지 않았단 얘기도.
조금 살이 쪘고
취업 준비를 하는데 그것도 잘 안된다는 얘기도.
그런 얘기들을 건너 들은 나는 네게 편지를 써.
내 일상을 꼼꼼히 너에게 말하지.

위로가 되길.
잘 살겠다 큰소리 떵떵 치고 호주로 도망친
예전 네 남자친구가 이렇게 살고 있으니
남아 있는 네가 조금 초라해도
나보다는 괜찮다는 걸 알아주길.

그래서 슬퍼하거나 억울해하거나 힘들어할 필요가
전혀 없다는 걸
알아주길.

그리고 네게 더 힘든 일이 생긴다면
나는 기꺼이 그보다 더 힘든 일을 만들 준비가 되었으니
내 편지를 받아주길.

답장은 없어도 너보다 무조건 더 힘들어할 내가 있으니

그 순간만큼은 나를 떠올려주길
바라고 바라고 바라고 바라면서
이렇게 오늘도

편지를 써.

사랑이라고,
그건 사랑이라고

가끔 생각해.
언젠가 우리가 했었던
사랑이니 청춘이니 열정이니 꿈이니 부르던
그 모든 것들.

너도 알잖아.
뜨거움도 간절함도 애틋함도
미칠 것 같은 그 마음까지
언젠간 사라져.
전부 다 없어져.

그땐 껍데기만 남아 있는 그 마음들을
너는 뭐라고 부를 거야?
시시하고 보잘것없어진 그 마음들을
너는 뭐라고 부를 거야?

언젠가 빛을 잃어 초라하고 우스워질 우리의 날들.
나는 그래도 그걸 말야.

사랑이라고 부르지.
꿈이라고 부르지.
뜨거운 마음이라고 부르지.

다른 이름이 어딨겠어.
시들어버린 장미도 여전히
장미잖아.

나는 이제 알아.

지금만 빛나도
지금만 뜨거워도
이 사랑이 끝나버려도
훗날 나는 이걸
사랑이라고 부르겠지.

다른 이름이 어딨겠어.
나는 이걸,

사랑이라고 부를 거야.

2014년 10월 5일
오후 3시 10분의 낮잠

어제 당신과 함께한 낮잠은
정말 행복했어요.

나, 그 순간을 함께하기 위해
당신을 만난 것만 같았어요.

아롱아롱
대롱대롱

우리가 나누었던 일상이 이렇게 빛날 줄은 나도 몰랐어.

시간이 지나면 지날수록
너와 걸었던 길의 바람소리조차 이렇게 남겨질 줄은
나는 정말 몰랐어.

나는 오직 너에게만
오직 너의 목소리와 너의 몸짓에만 관심을 갖느라
다른 건 그 어떤 것도 기억할 수 없을 거라
자신했는데.

내 오감은 그 풍경을 그대로를 흡수해
내 삶이 초라해질 때마다 선물처럼 내놓네.

나란히 걷던 너와 나는
스치는 손마다 땀방울 맺혀 아롱아롱.

한 번씩 부는 바람에 발걸음이 멈추면
"왜?" 하듯 함께 느려지던 너의 걸음.

종종 보폭을 맞추면서
'가을이 오고 있다.' 되뇌었던

우리들 마음속
할 말이 너무 많아
언제나 아무 말 못하고 헤어졌던
1998년의 늦여름.

내 시간 속 온전히 살아준 너에게
감사를.

네가
무엇이기에

그렇잖아.
너를 만나기 전의 나는 니무나도 잘 살아왔는데.

너를 만나고 나서부턴 모든 게 엉망진창.
마음 쉬는 날이 하루도 없어.

그전으로 돌아가버리면 그만인걸.
네가 무엇이기에 나는

놓지 않고
버리지 못하고
이 힘든 지금을 견디려 하는 건지.

내 마음은 이토록
이토록인데

헤어진 지 얼마나 되었다고
헤벌쭉
그 사람 앞에서 웃고 있는 나.

주체 못할 만큼 심장이 뛰고 있는 내게
참 쉽다, 헤프다,
욕하지 말아줘요.

당신을 사랑했을 때의 마음과 똑같을 뿐인걸요.

그 정도는 돼야 기적

그곳에서 당신을 우연히 만난다면
나는 당신과 다시 사랑을 시작해도 좋을 거라 생각했어요.

절대로, 무슨 일이 있어도
당신과 다시 만날 일은 없다고 단언하던 내가
그곳에서 그런 생각을 했던 건

이제 당신을 만나는 일은
기적과도 다름없는 일이라 믿게 되었으니까요.

기적처럼
천둥이 치고, 땅이 흔들리고, 하늘이 쪼개지고,
그렇게 세상이 뒤집힐 정도는 돼야
우리가 다시 사랑하는 게 가능할 거라고.

그러니 그곳에서 당신을 우연히라도 만난다면

나는 모든 걸 믿어보겠다고.
영원을

운명을
천국을
환생을.
소울메이트와 우연과 필연,
지금까지 단 한순간도 믿지 않았던 것 모두를

믿게 되었을 거라고.
그러니까 그곳에서 내가 당신을 만난다면.
그곳에서 당신을 만나
다시 사랑하게 된다면.

언제였던가

언제였던가.

당신이 당신이라 행복하고
나 역시 나라서 행복했던
그 어느 날의 시간.

나, 네가 너여서 좋은 게 너무 많아.
너는?

보면 모르냐는 너의 눈빛과
네 손의 온도를 전부 기억해.

잊히고 있는 어느 날.
그런 온기 하나로 나 살아가고 있음을.

단 한 번뿐이라서

첫사랑이라고 알아?
그건 놀라운 감정.

지나고 나면 실체는 사라지고 느낌만 남는 주제에
메마른 사막에 뜨거운 물 붓듯 나를 놀라게 해.

게으른 사람을 일찍 눈뜨게 하고
이기적인 사람이 남을 배려하게 하고
고소공포증이 있는 사람도 번지점프를 뛰게 만드는

그래놓고 어느 날
모래사장 위에 쓴 글씨처럼 흔적도 없이 사라져버리는.

있지, 다행이야.
그 지독한 게 생애 단 한 번뿐이라서.

여름의
미스터리

미스터리. 그것은 미스터리 같은 거에 속하는 것. 그러니까 네가 한여름에 땀을 뻘뻘 흘리며 안양에서 부천까지 20분에 한 번씩 오는 지하철을 타고 송내역에서 내려 거기서부터 상동까지 뛰어왔다는 건. "버스가 있는데 왜?" 묻자 그런 걸 생각할 겨를이 없었단 대답을 했다는 건. "그런데 오늘 너 약속 있다고 하지 않았어?" 묻자 해맑게 고개를 끄덕였다는 건. "거길 가야지 왜 지금 여기에 있는 거야?" 정말 어이가 없어 다시 한 번 묻자 "응. 보고 싶었거든." 대답을 했다는 건. 미스터리. 미스터리. 전부 미스터리에 속해. 왜냐하면 그건 모두 사랑해야만 할 수 있는 일들이었으니까. 그런 건 전부 사랑을 해야 일어나는 마법이고 기적이었으니까. 하지만 우리가 사랑? 네가 나를 사랑? 아니, 그런 건 아니라고 나는 생각했으니까. 그래서 이 모든 건 미스터리. 미스터리.

"남자친구 있어요?" 처음 질문은 이것. "있는데." 내 대답은 이것. 스키 수업이었고 내가 묵는 방에 너는 너의 친구들이 있다며 놀러 왔어. 흘끔흘끔 나를 보다 네가 물었던 것 같아.

남자친구 있냐고.

"있는데."

"얼마나 만났는데요?"

"4일."

"네?"

"4일이라고."

"그게 남자친구예요?"

"4일을 만나면 남자친구가 아닌 거야?"

"아뇨. 남자친구 맞죠."

며칠 동안 몇 번 더 봤던 기억은 나는데 나는 네가 '좀 귀엽네.' 생각하고 끝. 왜냐하면 난 남자친구가 있었으니까. 4일이나 된. 그리고 한 달 뒤에 곧 헤어져버릴. 그래서 개학하고 복사할 게 있어 자료를 들고 학교 정문을 내려가다가 우연히 널 만났을 때 내가 그런 대답을 할 수 있었던 거야. "아니. 헤어졌는데." 정문에서 딱 마주친 넌 날 보자마자 그렇게 물었거든. "누나 남자친구는요? 아직 만나요?"

자, 이쯤에서 다시 시작되는 미스터리. 그렇지 않아? 아무리 눈치가 없어도 알 수 있는 질문이야. 남자친구의 여부를 묻는 질문이란. 그래서 생각했지. 쟤는, 분명히, 내게, 관심이 있다. "아니. 헤어졌는데." 말하고 난 피익 웃으며 너를 봤어. '아, 얘 귀여운 것 같아. 얘랑 사귀면 어떤 기분일까?' 그런데 네가 그러더라. "그럼 나 소개팅 좀 해줘요, 누나." 그렇게 시작된 소개팅의 미스터리. 미스터리.

내 멋대로 김칫국 한 사발 마셨던 나는 아주 떨떠름한 얼굴로 소개팅을 해달란 너의 말을 충실히 따르기 시작했다는 것. "어떤 여자를 좋아해? 어떤 스타일이 마음에 드는데?" 열 번이고 백 번이고 물었고 진심으로 찾아 헤맸다는 것. 그런데 자꾸 넌 대답은 않고 이상형 얘기를 해준다면서 따로 밥이나 먹고 영화나 보자 했었다는 것. 나는 도대체 이게 뭔가 싶었지만 김칫국 마시고 소개팅으로 때려 맞은 기억이 너무도 생생해 그저 이렇게 생각하기로 했다는 것. '아, 얘는 이상형이 없나 보다. 그래서 이제부터 고민하려나 보다.'

아, 순수하기도 했지. 네 속은 너무나도 뻔했는데 난 참 바보같이. 그렇게 소개팅 날짜는 자꾸 미뤄지고 너와 내가 만나서 서점을 가거나 밥을 먹거나 야구를 보거나 백화점에 가거나 영화를 보고 네 친구들까지 만나는 상황이 벌어졌다는 것. 그리고 그날. 내가 MT에 후발대로 가기로 한 날. 우이동으로 가는 버스를 타려고 강남역 버스 정류장에 서 있었던 그날. 네가 내 옆모습을 보며 아주 울상을 하고 말했지. "넌…."

어쩌지. 나 생각이 안 나. 네가 그때 뭐라고 했었는지. "넌…." 그다음에 뭐라고 했지? 분명 뭐라고 했었는데 분명히. 뭐라고. 그 말을 들은 나는 '아, 그건 김칫국이 아니었어. 왜냐하면 얘는 날 좋아하는 게 틀림없으니까.' 그렇게 아주 편하게 생각하곤 기분이 잔뜩 좋아져 우이동으로 가는 버스에 올라탄 뒤 너에게 손을 힘껏 흔들고 MT에 가서 신나게 놀다 왔었는데. 그날 찍은 사진을 봤더니 입이 아주 귀에 걸려 있던데.

BUS

그러니까 네가 나한테 뭐라고 했었지? "넌…." 아, 뭐라고 했었더라. 그것이 정말 미스터리. 미스터리. 몹시도 미스터리.

사귀고 헤어지기까지의 이야기는 쓰기도 싫어. 매일같이 싸운 얘기를 뭐하러 써. 그때 난 하루하루가 너무너무 피곤했었는데. 왜 싸웠지? 지금 생각해보니 이것도 미스터리. 이유가 생각나질 않아. 싸웠던 이유가 뭐였는지 아예 모르겠어. 우린 그냥 싸웠었나 봐. 마치 전쟁에 나간 군인처럼. 싸워야 해서 싸우는 것. 그게 의무인 사람들처럼. 그렇게 한참을 싸우고 집으로 온 어느 날엔 엉엉 울면서 첫사랑에게 전화를 했던 것도 같아. "야, 너만 잊으면 행복해질 줄 알았는데 아니야. 남자는 원래 다 이래?" 물론 전화를 받지 않아서 음성사서함에 남기곤 바로 취소 버튼을 눌렀었지. 그러니까 속이 좀 시원해지더라고. 그때 결심했어. 스스로에게 굳건히 맹세했어. 다짐했지. 나, 다시는 사랑 같은 거 하지 않을 거야. 나, 다시는 남자 같은 거 만나지 않을 거야. 나, 다시는!!! 그게 스물두 살 때의 일. 난 그때부터 헛소리를 잘 했던 것 같아. 지키지도 못할 약속 같은 걸 자주 남발했지. "네가 너무 좋아. 영원히 그럴 거야." 너와 만난 지 1년이 되던 어느 날. 드디어 우린 헤어졌어. 그거야말로 영원했지.

"신경숙의 《기차는 7시에 떠나네》라는 책을 좋아해요." 그건 내 인생의 책이었는데. 법대에 다니지만 책은 1년에 한 권도 안 볼 것 같은 네 입에서 그런 말이 나올 줄은 꿈에도 몰랐음, 하는 얼굴로 너를 쳐다보자 네가 씩 웃으며 말했어.

"하진이가 말이에요."

"하진? 하진이가 누구야?"

"여자 주인공 이름."

"아, 그랬나?"

"응. 하진이가 말이에요."

네가 웃으며 주절주절했는데 나 그때 속으로 생각했어. '여자 주인공 이름이 하진이라는 것도 알다니. 쟤는 책을 정말 열심히 읽었나 봐. 나는 인생의 책이라면서 주인공 이름도 몰랐네.'

"참. 저 그거 좋아하는데."

"뭐?"

"순댓국요."

"와, 진짜? 나도 그런데."

그러면서 생각했어. 야, 너 진짜 나랑 뭐가 맞는 것 같아. 신기하다. 내 모든 취향과 딱딱 맞는 너라는 사람이 정말 미스터리 미스터리였는데 나중에 알게 됐지. 넌 내가 속한 동아리의 인터넷 카페에 가입을 했었고 거기에서 내 백문 백답을 읽었던 거야. 그래서 다 알았던 거지. 내가 좋아하는 책, 영화, 음식, 색깔까지. 그런데 책 읽기는 몹시도 싫었겠지. 머리말만 읽었다고 했냐? 아, 그래, 어쩐지. 그 책은 1인칭 주인공 시점. 그래서 주인공 이름이 거의 등장하지 않아. 그런데 넌 그 주인공 이름을 정확히 알고 있었어. 머리말엔 수도 없이 등장하는 이름이었으니까. '여주인공 하진은, 여주인공 하진의, 여주인공 하진이…' 자, 이렇게 너와 나의 미스터리가 조금씩 풀려가고 있어. 그럼 다음엔 뭘 설명해줄래? 그 여름에. 그 더운 날. 나에게 뛰어왔던 것도 설명해줄 수 있겠니?

겨우 스무 살. 너는 이제 막 대학에 왔어. 아무것도 모르는데 뭔가 푸르고 싱싱해. 그런데 좀 지나니 뭐지, 좀 시시해졌어. 그때! 좀 재밌는 일이 생긴 거야. 바로 스키 수업 같은 것. 거기에서 네 말을 잘 들어줄 것 같은 여자를 만났는데 더 재미있게 남자친구가 있다잖아. 그러니까 더 만나고 싶었겠지. 그래서 만나봤겠지. 처음엔 타올랐겠지. 왜냐하면 그건 스무 살이 갖는 감정이니까. 지극히 당연하게 스무 살들이라면 모두 가지는 감정이니까. 그 타이밍에 내가 딱 네 옆에 있었을 뿐이야. 그 감정을 가진 네가 나에게 뛰어왔고 그렇게 남겨졌어. 내가 너에 대해 남겨놓은 몇 안 되는 아주 좋은 기억으로. 자, 미스터리가 풀렸어. 네가 나를 위해 뛰어왔던 건 그저 호르몬이 과하게 분비돼 일어난 일.

너에 대해 좋은 기억은 손에 꼽아. 다섯 개도 안 돼. 왜냐하면 우린 싸웠으니까. 징그럽고 씩씩하게 매일같이. 그거 알아? 난 네가 군대에 가는 그날만 손꼽아 기다렸어. 네가 입영통지서를 받고 내게 말하는 거야. "나 군대 가. 기다려줄 수 있어?" 그럼 내가 이렇게 대답하는 거지. "아니!!!!" 아주 통쾌할 거라고 생각했는데 넌 일주일에 한 번은 휴가를 나올 수 있다는 공군에 지원했고 합격했어. "아싸!! 공군이다!!" 좋아하는 네 옆에서 내가 속없이 그런 말을 했던 것 같다. "아싸!! 일주일에 한 번은 본다!!" 우린, 바보였어.

난 자신 있어. 누군가 나에게 네가 사랑이었냐 물으면 그거야말로 "아니!!!! 전혀!!!" 대답할 자신. 당연히 아니지. 그딴 게 무슨 사랑이야. 사랑은 그딴 게 아니야. 내가 아는 사랑은 적어도 그래. 사랑은 나중에 생각하면 정말 좋은 것만 생각나는 거야. 아무리 싸웠어도 진짜 좋은 것만. 그래서 자꾸 웃게 돼. 마음에 뭔가가 싸악 퍼지는 그런 감정으로 며칠은 살 수 있는 것. 그런 게 사랑이거든? 근데 넌 아니야. 널 생각했을 때 내가 떠올리는 건 싸움. 싸움. 싸움. 싸움. 기쁨. 싸움. 싸움. 싸움. 행복. 싸움. 싸움. 다시 싸움. 드디어 헤어짐.

1년을 통틀어 다섯 개도 안 되는 행복하고 좋았던 기억. 그게 뭐라고. 겨우 그것뿐인데. 아니, 다섯 개가 뭐야. 지금 생각해보니 네 개인 것 같아. 근데 그게 뭐라고. 그딴 게 뭐라고 날 진짜 힘들게만 했던 너를 애틋하게 기억할 수 있게 하는 도구가 되는 거지? 나 진짜 이해가 안 돼. 그게 정말 미스터리야. 이건 누구도 풀지 못한 미스터리.

네가 몰래 끌고 나온 부모님 자동차를 타고 가다 경찰 단속에 걸렸던 일. 깔깔깔 웃었던 일. 혼났던 일. 비 왔던 일. 영화를 보지 않고 네 옆모습만 보았던 일. 네가 울었던 날. 그걸 보고 놀랐던 나. 미안. 다섯 개는 넘네. 근데 이런 게 뭐 별거니? 그런데 이 진짜 별것도 아닌 것들이 너에 대한 기억을 전부 지배하고 있어. 너무 진해서. 끈적거려서. 어려서. 어린데 멍청해서. 같이 있으면 안 되는데 같이 있어서. 네가 스무 살이라서. 그 시간을 내가 함께 견뎌서. 미스터리의 답은 이런 거야. 이건 납득이 가?

그날은 아침부터 밤까지 함께 있었는데. 아침부터 밤까지 싸웠던 것 같아. 그런데 웃긴 건 나만 말해. 나만 소리쳐. 너는 그냥 가만히 날 쳐다봤던 것도 같아. 그리고 집으로 가는 내 뒷모습에 대고 네가 말했어. "헤어질래? 그게 좋겠어." 돌아봤는데. 고개를 끄덕였는데. 울기는 왜 울었는지. 왜냐하면 그건 미스터리가 아니잖아. 우리가 헤어지기로 한 건. 너와 내가 헤어져버린 건 우리 사이에 생긴 일 중 유일하게 미스터리가 아닌 일. 처음부터 끝까지 완전하게 납득이 가는 일. 마치 그러기 위해 지금까지 모든 일을 해왔던 것처럼.

그래, 이제 나 말할 수 있는걸.
너와 나는, 처음부터
헤어지기 위해 만났던 사람들이라고.

세상엔 그런 사람들도 있지. 싸우기 위해 만나는 사람들. 사랑하기 위해 만나는 사람들. 같이 일하기 위해 만나거나 한 번 스쳐 지나가기 위해 만나는 사람들. 그중에 우리는 헤어지기 위해 만났던 사람들. 맨 처음부터. 스키 수업에서 네가 나를 처음 본 그날부터. 그 방에 놀러 와 네가 나를 흘끔거렸던 순간부터. 손을 잡거나 얼굴을 만진 것조차 우린 헤어지기 위해서 그런 걸 한 거야. "말도 안 돼. 그런 게 어딨어?"라고 말하지 마. 그런 건 존재해. 너와 내가 그랬듯이. 다시는 돌아오지 않는 계절이라는 게 있어. 봄 여름 가을 겨울이었는데 어느 날부터 바뀌는 거지. 봄 가을 겨울, 봄 가을 겨울, 이렇게.

너는 나의 여름이었지. 너무 덥고 짜증이 났었는데 도무지 잊히지 않는. 내 생애 그런 여름은 오직 너뿐이었어. 더 이상 내 계절에 여름은 없어. 없어졌어. 네가 나의 유일한 여름. 헤어지는 것밖에 방법이 없던 나의 유일한 여름. 괜찮아. 난 뜨거운 건 너뿐이면 족하니까. 참, 나, 인생의 책이 바뀌었어. 좋아하는 색깔도. 음식도. 여름이 그렇지 뭐. 이리 지나가버리면 그만인걸.

One And Only

당신이 마지막이었지.
네 가장 빛나고 아름다웠던.
그래서 매일이 하늘을 나는 듯 어지러웠던.
행복하다 되뇌고 또 되뇌어도
역시 믿을 수 없을 만큼 행복했던 그날들을 두고

내가 어떻게,
더한 행복을
바랄 수 있겠어.

가을, 언제라도 울 수 있어서

결국 끝은

아무 이유 없이

어떤 설명 없이

무례하고

알 수 없게 이루어진다.

왜 하필,
이게 아닌데

왜 하필 여긴 사람들이 이렇게나 많은 거야.
이, 여기 역 앞이지.
그래도 오늘은 목요일인데.
게다가 지금은 밤 11시가 넘었는데.
그럼 좀 없어져야 하는 거 아냐?
너무 많다. 사람들이.

아, 이 노래는 왜 하필 지금 나오는 걸까.
사람들이 잘 알지도 못하는 노랜데.
나만 알고, 나만 좋아하는 곡이라고 생각했는데.
왜 이게 편의점 대형 스피커에서 흘러나오는 거야?

그리고 얘 운동화, 이거 정말 비싼 건데.
나랑 같이 가서 한 시간 동안 고민하고 산 건데.
이걸 오늘 처음 신은 건가?
아니면 내가 지금껏 얘 발을 볼 일이 없었나?

큭. 바지 봐. 끝이 너덜너덜.
그러니까, 하나 사라니까.
꼭 지가 좋아하는 것만 입고 다니니까 이러지.
옷도 편식을 해요.
음식만 그러는 줄 알았는데.

근데 왜 하필 오늘이야.
나 내일 시험 보는데 아주 망치라고 고사를 지내는구나.

왜 하필 지금이야.
이렇게 사람 많은 데선 울 수도 없잖아.
이럴 줄 알았으면 좀 예쁘게 입고 나올걸.
지난번에 산 원피스 그냥 입고 나올걸.
괜히 아꼈네, 아꼈어.

아, 정말 얘는 왜 하필 지금 이러는 거야.
나 진짜 어떻게 하라고.
어디서 이런 놈을 다시 만나라고.
내가 좀 더 예뻐진 담에 이래도 되잖아.
나 지금 이런 얼굴로는 다시 연애하기도 애매한데.
아, 정말. 짜증 나. 짜증 나. 우씨. 짜증 나.

네가 헤어지잔 그 한마디를 내뱉는 동안

내 머릿속에 무지개처럼 피어났던
오만가지 생각 중 기억나는 몇 개.

생각보다 근사하진 않지.

그게 이별이라는 거야.
너무도 평범한
누구나 생각할 수 있는
왜, 하필, 이게 아닌데.
이 세 마디만 생각나고
그 세 마디로 오만가지 문장이 만들어져.
그리고 결국 내 입에서 튀어나온 말은
온 우주를 통틀어 가장 흔한 말.

"응."

내가 준비했던
영화 같은 멋진 말들은 완전히 포맷.
그 순간 생각나는 건 오직 저 한마디.

"그래. 알았어."

결코 근사하지 않아.

결코 생각처럼 되지 않아.

이별은
늘 그래.

버리지 마

언젠가 너의 집에 갔을 때
맘에 드는 시집이 있어
"이거 나 가져도 돼?"
그 책을 펼쳤어.

펼친 첫 장.

잘 기억은 안 나지만 대충은
'내가 널 사랑하는 마음도 함께하길….'
뭐 이런 러브 메시지.

보고 벙찐 내 손에서 낚아채듯 빼앗아가
1초도 생각 안 하고
그 페이지
북, 찢어 휴지통에 버리던 너.

아… 난 있지.
왜 그 순간 그 메시지를 썼을
이름 모를 그 여자가 불쌍했을까.

분명 애써서 책을 고르고
한 글자 한 글자 새기듯 글을 쓰고
너에게 수줍게 전했을 텐데.

헤어졌더라도 한 번쯤은
그때 그 마음을 떠올리며 설레는 기분도 들었을 텐데.
그런 식으로 사라졌다는 걸 안다면
꽤 속상해할 것 같은데.

내가 줬던 카메라, 아직 써?
허리띠는? 가방은?
내가 1년 동안 썼던 노트는? 버렸어?

버리지 마.

난 아무것도 버리지 않았으니까
너도 버리지 마.
그 물건 보면 내 생각이 나더라도
이 악물고 그냥 간직해주면 안 돼?

그렇게

찢기는 페이지가 되고 싶지 않아서 그래.
나도 한 글자 한 글자 새기듯 글을 썼는데
오직 너만을 위한 글을 썼는데

그렇게

사라지고 싶지 않아서 그래.

버리지 마.

천만 분의 일의 확률

있잖아.
우리가 다시 만난다면
우연이라도 마주치게 된다면
너는 나를 아는 체할 테야?
뭐라고 말을 걸 거야?
그때 방망이질하고 있을 내 심장을
어떤 말로, 어떤 표정으로 잠재워버릴 거야?

너를 다시 만날 수 없을 거라 단언하지만
사람 일은 도무지 모르는 법이니까.

헤어지잔 한마디로
너는 내게서 죽어버린 사람이 되었지만
관 속에 누워 있다가도 눈 뜨는 사람들 이야기
너도 들어봤을 거 아냐.

그러니까 대비를 하고 싶어.
눈동자가 흔들리지 않도록
손에서 땀이 나지 않도록
다리에 힘이 풀리지 않도록
바보같이 어색한 말투로 너에게 인사하지 않도록
너를 여전히 잊지 못했단 걸 절대 들키지 않도록

너는 살아 돌아왔어도
우리가 나눴던 그 뜨거운 심장만큼은
어디선가 객사해버렸다는 걸
다시 눈뜰 수도 없게 산산이 조각났다는 걸
인정하고 받아들여
더 이상 네 앞에서 예뻐 보이려고
사랑받으려고 노력하지 않도록

나,
힌트 좀 주면 안 될까.

작게 만들기

완벽하게 잊히는 건 없다.

완전히 잊히는 건
어제 외운 영어 단어 같은 거나 가능한 거다.

내 머릿속에서, 내 마음속에서
행복했다고 생각했든 슬프다고 생각했든
어떤 기억이라 할지라도 잊히는 것은 없다.

특히 '사랑'이라는 기억은.

나에게 잊으라고 말하지 말아줘.
잊지 못한다는 것을 너도 알아야 해.
잊을 수 없다는 것을 너도 알아야 해.

대신

작게 만들기.

작게 만들게.

내 머릿속의 너는 작은 난쟁이가 되어
내 가슴속 작은 나라에서
작은 몸짓과 작은 목소리로
하루하루를 살게 될 거야.

나는 그렇게 너를 작게 만들어서
나중에는 네가 있었는지 없었는지조차
잊어버리고 말 거야.

가끔 네가 생각이 나 너를 찾으려고 해도
도대체 네가 내 가슴속 어디에 있는지
너무 작아 찾을 수 없을 정도로.

작게 만들게.
내가 너를 정말
작게 만들어줄게.

비 오던 날

7월.
비가 몹시도 와서 우산도 소용없던 날.

그날 입은 체크무늬 블라우스가 마음에 안 들어
단박에 흰색 티셔츠를 사서 바꿔 입고
오랜만에 늦게까지 홍대에서 놀다가 집으로 가던 길.

양화대교로 가는 방향, 어느 사거리.
'이쯤이 사무실이랬나?'
돌린 고개, 그 끝 조수석 창 너머의

당신.

사람들과 어울려 이야기하는 모습.
베이지색 면바지와
헤어질 때쯤 샀던 남색 티셔츠를 입고

전보다 마른 듯한
그러나 웃는 얼굴.

나만 당신을 만나게 된
우리의 재회.

나는 신호에 걸려 있던 그 30초를
당신을 보는 데 다 써버리고
망설일 틈도 없이 꾹 밟은 오른발의 액셀.

사이드미러로 당신 모습 보려 했지만
한 시간 전까지 쏟아 내린 비에 얼룩진 거울.

문득 솟구치는 눈물에 이상하게 안심이 되는 건

이제,
이제 됐다.

그립던 얼굴 봤으니
이제 됐다.

이제 너를
잊어도 되겠다.

이봐,
가을이 왔어

바람이 불고 하늘이 훌쩍 높아진 기분. 오늘 뉴스를 틀었더니 이런 말이 나온다. “청명한 하늘이 반기는….” “추석이 지나고 만연한….” 이봐. 그날이 왔어. 가을. 가을이 말이야.

냄새부터 다르지. 벼 익는 냄새가 바람을 타고 달려왔네. 그러고 보니 대추 냄새도 향긋한 배꽃 냄새도. 아카시아의 알싸한 냄새와 진득하게 말라가는 감 냄새 그리고 타버린 낙엽 냄새까지. 어디에선가 굴러 굴러 전부 오고 있다. 이런 걸 맡고 있다 보면 나는 네가 떠오른다. 너의 옆모습. 허리를 꼿꼿하게 세우고 어딘가를 보던 너의 옆모습. 난 그 옆모습을 바라보는 게 정말 좋았는데. 특히 네 눈. 거기엔 정말 많은 게 담겨 있었는데. 너의 어제. 내일 할 일. 부모님. 형제. 꿈. 그리고 오늘의 너의 마음. 좌절감과 절망. 그럼에도 불구하고 언제까지고 그럴 수 있다는 너의 다짐. 그렇게 쓸쓸하던 너의 마음. 난, 네 눈을 보고 있으면 자꾸만 자꾸만 쓸쓸해져. 뜨거운 여름엔 시원하기도 했었는데. 너는 너무 서늘하니까. 그래서 자꾸만 손

발이 시리니까. 그걸 나는 조금도 따뜻하게 만들어줄 수 없었으니까.

"나는 왜 안 돼?" 너의 질문. 너는 나에게 왜 늘 안 되는 거냐고. 그럴 때마다 내 대답은 항상 같지.

"너라서 안 되는 게 아니야."

"그게 무슨 소리야?"

"그러니까 사랑엔 타이밍이라는 게 있는데 너랑 나랑은 그게 맞지 않아."

"그게 지금 나라서 안 된다는 소리랑 뭐가 다르지?"

"달라. 왜냐하면…."

이런 말들이 항상 쳇바퀴 돌듯 뱅뱅거렸던 스무 살 그 어느 때쯤. 이제는 너도 알지 않을까. 그때 내가 했던, 너의 그 질문에 내가 했던 모든 대답들은 전부 헛소리였다는걸. "그러니까 사랑엔 타이밍이라는 게 있는데 너랑 나랑은 그게 맞지 않아."의 다른 말은 '나는 네가 사귈 만큼은 좋진 않은데 곁에는 두고 싶어. 영원히 이용만 하고 싶어. 너의 진심을 영원히, 영원히, 이용만 하고 싶어.'라는 뜻이었다는걸.

네 소식은 들었어. 어떤 여자를 만났고, 잘 살고 있다고. 그 여자가 널 정말 좋아해서 너에게 항상 이쩔 줄 몰라 한다고. "야. 걔가 그런 여자를 만날 줄 누가 알았냐?" 말하며 나를 흘긋 보던 네 친구들의 시선. "요즘 날씨 정말 좋지 않니?" 난 웃고.

"가을은 독서의 계절이라잖아. 근데 사실 가을엔 사람들이 그다지 책을 읽지 않는다? 그래서 책을 팔려고 독서의 계절이라는 캐치프레이즈를 만든 거래. 신기하지."

"야. 근데 넌 어떻게 됐냐? 네 남친이랑. 오랫동안 좋아했던 애였잖아. 잘되고는 있냐?"

"으응. 사실 책이 잘 팔리는 시기는 1월이야. 사람들은 1월에 뭔가 다시 시작하고 싶어 하거든. 그래서 책을 산대. 참. 지금이 몇 월이지?"

10월 3일 개천절이지. 남자친구와는 헤어졌어. 또다시 예전 여자친구에게 돌아갔거든. 사실 이게 벌써 몇 번짼지 몰라. 생각해보니 어쩌면 그 남자에겐 그 여자가 늘 현재진행형이고 내가 과거의 어떤 것. 잠시 머무는 바람일 수도. 뭐, 입장 차이 아니겠니. 맞아. 오랫동안 좋아했지. 못된 사람인 걸 다 알면서. 그런데 나도 못된 사람이잖아. 유유상종이라고 난 어쩔 수 없이 그런 남자가 좋았던 거야. 꼭 나 같은 사람. 나처럼 나라는 사람을 이용만 하고 싶어 하는 사람. 언제까지? 영원히 영원히 영원히.

설악산이었어. 오래된 친구들 몇 명과 설악산에 갔던 날. 콘도에 있는데 전화가 왔지. 발신자 표시제한. 그때만 해도 그런 게 있을 때라서. #23* 이런 거였나? 뭐 그런 걸 누르면 누가 내게 전화를 했는지 모를 수 있는. 그런 전화가 오길래 휴대폰을 들고 콘도 밖으로 조용히 나갔어. 전화를 받고 바로 네 이름을 불렀지. 알았던 것 같아. 그런 전화를 하는 사람은 내게 오직 너뿐이라는걸. 그리고 물었어. "왜 이런 번호로 전화를 했어?" 너는, 내 친구와 만나게 되었다고. 지금 내가 함께 있는 그들 중 한 명이라고. 내게 말하지 않았던 게 왠지 속이는 기분이라 이제 말하게 되었다고. "그렇구나." "걔랑은 어떻게 해서 만나게 되었는데…." "응. 여기는 쌀쌀해. 산이라 그런가. 가을이 먼저 왔다?" 한참의 침묵 뒤 네가 물었어. "… 괜찮아?"

당연히 괜찮지. 네가 내 친구와 만나게 되었다는 그런 얘기도 사실 나한테 굳이 할 필욘 없었는데. 그런데 뭐. 그래. 거기까진 네가 따로 말할 수 있지. 그런데 괜찮냐니. 야, 질문이 이상하잖아. 네가 내 친구와 만나게 되었어. 그럼 그다음 문장은 이런 게 아니겠니? "축하해줄래?" "응원해줄래?" "참 잘됐지?"

"이렇듯 나는 더 이상 너를 좋아하지 않아." 그러므로 "축하해 줄래?" 그런데 왜 너의 다음 문장은 "… 괜찮아?"인지.

그건 너무 다 알고 있는 채로 내게 묻는 거잖아.
내가 정말 괜찮지 않다는걸.

"가을인데 아직 산모기가 있다. 그 모기한테 뜯겨 죽을 뻔했다. 서울엔 모기가 있어? 아, 친구들이 기다린다. 이제 이런 식으로는 연락하지 않는 게 좋겠다. 그런 얘기를 하려고 따로 전화한 거지? 후배인 게 좋아. 맞아. 참. 근데 나 토할 것 같아. 술을 많이 마신 것도 아닌데. 어. 끊을게."

일맥상통이라는 게 전혀 없는 이야기를 하고서 전화를 끊고 웃으며 놀다가 난 떠났어. 한국을. 돌아오지 않았지. 1년 동안. 그동안 너는 잘 지냈니?

솔직히 말해서 나는 네가 너무 거슬렸어. "잘 지냈어?" 난 밝게 말하고 싶은데. 아무렇지 않고 싶은데. 너는 그런 날 전혀 받아주지 않았으니까. 특히 "어. 잘 지냈어." 말할 때의 그 눈. 그게 너무 거슬리는 게, 자꾸만 쓸쓸한 척을 해. 여전히 아픈 척을 해. 그게 난 너무 신경 쓰여서 더 이상 너에게 아무런 질문을 하지 않기로 했지. 우린 여전히 어떤 식으로든, 내 친구가 모임에 너를 자꾸 데려온다거나, 우리 둘 다 속한 모임에서 너는 빠질 수 없는 존재라던가, 그렇게 어떤 식으로든 자꾸만 만나게 되었으므로 나는 더 이상 너에게 질문하지 않는 법을 택한 거야. 왜냐하면 너의 눈이 너무 거슬렸으니까.

난 항상 고백이 휴지 같다고 생각했어. "좋아해." 고백하길래 강아지처럼 꼬리를 흔들며 마음을 주면 의외로 뒷걸음치는 사람들이 많았거든. '지가 먼저 좋다고 해놓고 왜 저래?' 그 이유를 알 수 없었어. 말했잖아. 도망갔다니까? 그래서 난 늘 고백이 웃겼어. 누가 고백을 하면 시험했지. 이 고백은 얼마나 가볍습니까? 이 고백은 얼마나 휴지 같습니까? 이 고백의 유통기한은 언제까지입니까? 대답해줄게. 너의 고백은 정말 무거웠어.

어느 바다 밑에 가라앉은 바위만큼 무거웠던 너의 진심. 똑같이 좋다는 말 한마디 했을 뿐인데 너는 왜 그렇게 무겁던지. 내가 무엇을 하든 넌 묵직하니 움직였어. 네 눈엔 다 있었어. 무겁고 넓고 깊은 흑색 바다가.

"모기 물리지 말고. 밖에 나가질 말고. 나갈 거면 긴팔을 입어. 서울엔 모기가 없어. 잠바는 입고 나왔어? 그럼 들어가. 이제 전화 안 해. 야, 나 있잖아. 너한테 꼭 듣고 싶은 말이 있는데… 아니, 끊자."

네 바다엔 뭐가 있을까? 물고기 같은 것도 있을까? 산호는 분명 있을 것 같은데. 그 바다는 따뜻할까? 얼마만큼 깊을까? 나는 그곳에서 어떨까? 행복할까? 나 지금 이곳에 처음으로 얘기하는 거야. 난 사실 너의 얘기를 글로 써본 적이 단 한 번도 없거든. 그래서 이게 최초의 이야기. 사실 나는 그때 네 바다가 궁금했어. 괜찮냐는 너의 질문이 그래서 괜찮지 않았어.

흠칫했지. 내 마음을 들켰나, 싶어서. 흠칫.

내가 떠나기로 되어 있었던 건 "아니, 난 아니." 정색하고 대답할 수 있었던 아주 적절한 핑계. 그 핑계가 아니었어도 난 몰랐을 거야. 난 그저 네 마음이 너무 묵직해 네가 거슬리는 거라고 생각했거든. 넌 거슬리는 게 많았잖아. 사람들 사이에 파묻혀 있는 나를 보다가. 내가 왠지 우는 얼굴이 되면 성큼 다가와 "왜?" 하고 묻다가. 비 오는 날 우산만 툭 놓고 가다가. 둘만 남겨지는 순간이 오면 서둘러 피하려는 나를 이상하게 보다가. 그걸 견디고 앉아 있으면 참을 수 없을 만큼의 침묵으로 날 불편하게 만드는 것으로 나를 거슬리게 했지. 참 많이. 꾸준히도.

더운 날엔 전혀 생각나지 않아. 네 눈과 마음은. 그렇게 무겁고 진득한 건 추워지면 생각나는 거야. 너무 추울 때는 아니고, 이렇게 막 추워지기 시작할 즈음. 바람이 불고 하늘이 훌쩍 높아지는 바로 지금. 뉴스를 틀면 "청명한 하늘이 반기는…." "추석이 지나고 만연한…." 어디서든 이런 말이 흘러나오는 그런 때에 너의 눈과 마음이 생각나.

어떤 영화를 보니 학창시절 자신을 마음껏 좋아해준 남자에게 여자가 말해. "그 시절, 나를 좋아해줘서 고마워." 마지막 통화에서 네가 나에게 듣고 싶어 했던 말이 무엇이었는지 나는 알아. 네가 했던 것과 같은 고백이 아니었을까. "내가 널 좋아했었어." 그런 말. 감히 장담하건대 너는 분명 다 알았을 테니까. 내 마음 따위. 내가 그런 걸 너에게 감출 리가 없잖아. 나는 다 들켜. 그래서 네가 물었을 거야. 괜찮냐고. 그래서 너는 그렇게 몇 년이 지난 뒤에도 날 같은 눈으로 쳐다봤던 거야.

나, 아주 늦었지만 네가 했던 괜찮냐는 질문에 이런 대답을 하려고 해. 고백 대신. 그저 그 시절, 나를 좋아해줘서 고맙다고. 너의 묵직한 진심 덕분에, 네가 꾹꾹 눌러쓴 글씨 덕분에 내 페이지에는 이렇게 자국이 남았다고. 자국은 좋은 거잖아. 어차피 우린 다 잊는데 자국이 남으면 좋지. 하루라도 더 기억할 수 있잖아. 그 좋은 시절을. 다만 이건 고쳐줄까 해. "나는 왜 안 돼?" 너의 질문에 타이밍 어쩌고 했던 헛소리보다는 "내가 좀 멍청했어. 늦었지. 그래서 몰랐어. 그게 전부야." 같은 대답으로.

바람이 분다.

알싸하니

계속 이러고 있으면

틀림없이 감기에 들 것 같은데.

아빠, 그날이 왔어.

가을.

가을이 말이야.

한 발자국만 움직여도
여전히 너인 세상

무척이나 거치적거리는 너의 소품들.

하루는 머리핀. 하루는 우산. 하루는 책.
어제는 인형이었다.

차 안에서 인형 상자를 주며
"너 주려고 얻어왔어."
사 온 것도 아니고 얻어왔다고 하는.
예쁘게 포장된 것도 아니고
발가벗겨진 종이상자에 아무렇게나 담겨 있던 인형이었지만
꼬옥 끌어안자 세상을 다 가진 기분이 들었다.

문득 그런 것들로 가득한 집이 답답해
밖으로 나와 커피를 주문하고 기다리는데.

"야. 이거 마셔봤어? 진짜 죽여."

진열대에 아무렇지 않게 놓여 있는 타조티가
나를 또 후회하게 한다.

"한 번만 마셔봐. 진짜 쓰거든?
근데 중독된다? 이거 열 개 살까?"

한 발자국만 움직여도 여전히 너인 세상.

나는 너를 만나지 않는 게 나았을까.
헤어지지 않는 게 나았을까.

어떤 것들이
나를 괴롭히는 줄 알아?

잊어버리는 게 어떻게 쉬울 수 있겠어.
어려울 거라고 예상은 했지만 이건 보통 일이 아냐.

놀랍도록 사소한 것들만 생각나서

네가 정말 그랬었나.
우리에게 그토록 작은 습관이 있었나 싶어서

숨 쉬기 힘들 땐 콧구멍을 벌렁거리고
눈이 뻑뻑할 땐 두 주먹을 쥐어 눈가를 부비부비 비벼대고
청바지 주머니에 손을 넣을 땐 꼭 엄지손가락만 빼고 넣는

오직 너만이
단지 너만이 가졌던 습관들.

그래서 네가 아니면 도무지 어쩔 수 없는 것들.

우스운 건

가장 그리운 것이 바로 그런 것들이어서
가장 보고 싶은 것도 바로 그런 것들이어서
네가 아니면 어디 가서도 볼 수 없는 것들이라서

아무리 노력해도
괜찮을 수가 없다는 거야.

틈

너를 만나고 돌아가는 길.
아무 일도 없었는데 괜한 기분이 든 적이 있었다.

갑자기 너무 슬퍼서 울음을 터트린 적도.
어떤 일도 벌어지지 않았는데
마음 한쪽이 찜찜했던 적도 있었다.

그게 다 균열.
너와 나의 마음 사이에 생기는 아주 작은 틈.

아무 일도 아닌 것 같았지만,
그다음에 만나 보면
'역시. 내가 괜한 생각을 했었네.' 싶었지만
지금에 와보니
아니, 그건 다 균열이었어.

그러니까 그 작은 틈이 벌어지면
그 사이로 자잘한 것들이 슬금슬금 쏟아지는데
결국엔 그것들 때문에 우리의 마음은
쩍- 갈라지고 말거든.

세상에 그 무엇도 아무렇지 않은 건 없어.
무엇이든 아무러해.
어떤 것도 의미가 있어.

우린 그걸 다 알면서 사는 거야.
모르는 척. 아닌 척. 괜찮은 척.

그러나 결국엔 다 알고 있었던 일.
그래서 전혀 괜찮지가 않았던 일.

온통
너의 이름

난 세상에 그 이름은 오직 너뿐이라고.

그렇다고 정말 특이한 이름을 가진 남자만 만난 것도 아닌데
사람 많은 데서 그 이름 부르면 두세 명은 돌아보는
뭐, 그런 이름을 가진 남자와도 만났었는데.

단 한 번도
그 이름을 가진 사람이 또 있을 거라고
생각해본 적이 없었어.

하지만 헤어지고 나니 온통 그 이름뿐.

드라마의 남자 주인공 이름도
여자 주인공 이름도
늘 지나는 길에 있던 간판도
요즘 뜨는 어느 아티스트의 이름도

곰곰이 생각해보니
내가 다녔던 피아노 학원까지
온통

너의 이름들.

그때도 분명 존재했을 그 이름들을
나는 왜 몰랐던 걸까.

난 정말 그 이름은
세상에 오직 너 하나뿐이라고 생각했었어.

그런 날이 올까요?

난닝구만 입고 춤을 추는 나를
먹기도 전에 추릅 침을 흘리는 나를
뭔가를 사달라고 몹시 졸라대는 나를
그렇게 당신을 사랑했던 나를

어떻게 했나요.
구깃구깃 구겨서 어딘가에 버려버렸나요.
어느 바다에 가서 고함 한번 지르고 잊어버렸나요.

나는

더운 날엔 트렁크만 입은 채 컴퓨터를 하던 너를
라면을 끓여주고 맛있게 먹으면 뺏어 먹던 너를
청바지에 티셔츠만 걸쳐도 예쁘기만 했던 너를
그렇게 내가 사랑했던 너를

버퍼링 늦은 컴퓨터처럼
몹시 버벅거리며
삭제시키고 있습니다.

내가
왜 좋았어?

열여섯의 내가 눈을 동그랗게 뜨고 묻자
너는 대답했어.

"너는 하얀 옷을 입고 있었다.
그리고 너의 얼굴은 그 옷만큼이나 하얬거든.
믿을 수 없겠지만 눈이 부셨다."

그렇게 말하는 그 애의 얼굴도 눈이 부실 만큼 하얬었지.

이제 나에겐
네가 나를 좋아했던 이유 따윈
없어졌어.

헤어진
다음 날

잠을 조금 못 잔 거 외에는 나쁘지 않은 아침.

눈물도 안 나오고
그렇다고 꾹 참아내는 것도 아니고
TV를 보며 히히호호 웃기도 하고
배도 고프고 그래서 밥도 먹고

이렇게 지나가는 건가 봐.

이렇게 하루 이틀, 한 달 두 달 지나다 보면
당신은 어느새 없는 사람이 되는 거지.

언제 우리가 사랑했을까.
우리가 만나기는 했을까.
그 시간들이 존재하긴 했을까.

오래 만나면 더 아프고, 더 힘들고, 더 지독할 줄 알았는데
한 달 만난 사람과의 이별과 이토록 비슷할 줄이야.

어쩌면 아직 실감이 안 나서 그러는 걸 텐데.
나는 그냥 이대로라면 살 만할 것 같은데.
그래줄까.

내 마음이 그래줄까.
내 몸이 그래줄까.

내가 원하는 대로 담담하고 편한 이별을 만들어줄까.

만지지 마

이제 됐다, 고 얼마나 생각했었는지 몰라.

나는 분기마다 마침표를 찍는 사람처럼
여름엔 더우니까
널 생각하는 것만으로도 짜증이 난다.
가을엔 쌀쌀하니까
이제 정말 새로운 사랑을 시작해야지.
겨울이 되면 눈이 오니까
하얗게 널 잊어버릴 거야.
그렇게 또 봄이 오면
모두들 새롭게 시작하는 계절이니까
나도 새롭게 널 훌훌 털어내보겠어.

계절마다 너를
잊겠다,
잊었다,

그러니까 이제 됐다,
생각했었어.

그런데 너는 왜 아직도
나의 계절 한가운데쯤에 서서
이렇게 나를 괴롭히는지.

봄에는 너와 함께 갔던 햇살 좋은 잔디밭이
여름엔 선풍기 쌕쌕거리던 너의 자취방이
가을엔 두 손 잡고 걸었던 낙엽길이
겨울엔 머플러를 사주던 너의 손이

전부, 전부 떠올라서.
자꾸자꾸 만져대서.

사계절 내내 널 만나는 게 아니었어.

하나쯤
너 없는 계절도 하나쯤은 있어야
내가 살아갈 수 있는 건데.

싱가포르 Singapore

처음 P가 싱가포르로 여행을 가겠다고 하자
사람들은 그건 모두 K 때문이라고 생각했다.

그녀가 시니컬한 표정으로
몇 년 전부터 그저 싱가포르에 꼭 가보고 싶었을 뿐이라고 해도
사람들은 그 말을 전혀, 믿지 않았다.

하지만 P가 "K… 아직 싱가포르에 있어?"
정말 궁금한 듯 묻자 그제야 그들은
P의 여행이 K와는 아무 상관도 없다는 걸 믿어주었다.

3년 전쯤으로 하자.
사실 P는 K와 헤어진 그날이 정확히 언제인지
잊어버리고 말았다.

그날.

P가 기억하는 거라곤 그녀가 먼저 K에게 소리를 질렀고
보라색 민소매 원피스에 하얀 샌들을 신고 있었다는 것.
그리고 지금보다 훨씬 길었던 머리.
그렇다면 여름이다.

그리고 같은 해 첫눈이 내릴 즈음.
P가 듣게 된 K의 소식이라곤
그가 싱가포르에 직장을 구했다는 것.
영영 돌아오지 않을 거라는 안부 정도였다.

그 후론 잊었다.
P는 K와 몇 년 전에 헤어졌는지조차 이젠 모른다.

그리고 P는 지금 무심한 얼굴로
싱가포르로 가는 비행기에 탔다.

싱가포르.

좁은 나라.
제주도의 3분의 2 면적밖에 안 된다는 그렇게 작은 나라.
가장 남쪽에서 북쪽으로 가는 데
자동차로 30분이면 충분하다는 나라.
그 나라에서 P는 누구보다 바빴다.

그녀에게 주어진 4박 5일의 일정은 빡빡했다.

출근할 때보다 더 일찍 일어나
새벽부터 이곳저곳을 돌아다녔는데
그건 마치 그녀의 말대로
싱가포르가 정말이지 궁금했던 것처럼
새벽 6시부터 밤 11시까지 단 한 군데도 빠짐없이
그녀는 무척이나 바쁘게 다녔다.

그녀는 공원 벤치에 앉아 풍경을 보기도 했고
머라이어 분수대 밑에서 아이스크림을 먹기도 했고
테마파크에 가서 공연을 보기도 했다.

그녀가 걸을 수 있는 모든 거리를
들어갈 수 있는 모든 장소를
아주 촘촘하고 꼼꼼하게.

여행의 마지막 날 공항에 도착한 P는
여권 안쪽에 잘 접어둔 쪽지를 오래도록 바라봤다.
싱가포르를 등에 지고
그녀를 찾는 안내방송이 흘러나올 때까지 꼼짝도 않은 채.

"K의 전화번호야. 필요할 것 같아서."

여행 전날, 그녀의 친구 L이 건네준 전화번호.
노란 전화 부스로 간 P는 번호를 꾹꾹 누른다.
"여보세요?"

"K는 만났니? 좁은 나라라 역시 마주쳤겠지?"
그녀의 친구 L.

P는 아무 말도 하지 못한다.

그렇게 열심히 돌아다니면 한 번쯤은 마주칠 줄 알았다고
인사 정도는 할 수 있도록 많이 노력했는데
우연인 척 인연을 만들어보려고도 애써봤는데
그가 앉았을 벤치, 보았을 분수, 가봤을 테마파크만
그림자처럼 머물다 오기만 했다고 말하지 못한다.

그녀의 휴가가 끝났다.

그녀는 이제

영영
돌아가야 한다.

신기루를
본 적 있니

난 있어.
나 너를 사랑했으니까.

그때 내 눈에 비쳤던 모든 것.
그때 내 손에 닿았던 모든 것.
그때 내 마음과 머리에 사무쳤던 그 모든 것은

신기루였어.

없어져버렸어.
헤어지잔 한마디에 사라져버렸어.

있지, 나는 그때 많이 외로웠어.
누군가를 만나고 싶었고 사랑이 뭔지도 궁금했어.

그때 네가 나타난 거야.

그리고 내가 바랐던 것보다
더 많은 것들을 주고 떠났어.

신기루라고 해.

나는 너를
너와 함께했던 모든 시간들을
나누었던 모든 것들을
그렇게 부르기로 했어.

사랑은 아닌 걸로.

그 두 글자에 너를 넣으면
너도 나도 많이 울어버릴 수 있으니.

원래부터 없었지만
우리가 동시에 보고 꿈꾸었던 것.

바로 신기루야.

나는
잘 살아

어쩜 너는 그토록 아무렇지 않게
친구들과 웃고 떠들고
웃긴 글을 잘도 써대고
밥도 굶지 않고
여전히 앵앵거리는 목소리로 잘 살고 있냐며

그나마 가끔 울 때조차
결코 '우리'의 일이 아닌 걸로 울어대냐며

네가 따지더라도

응, 나는 잘 살아.
잘 살고 있어.
그건 사실이야.

입버릇처럼

그대 없인 아무것도 할 수 없다 해놓고
이렇게 뭐든지 다 하고 있는 내가
거짓말을 했다고 생각해?

엘리베이터를 타고선 가야 할 층을 누르지 않았어.
집 비밀번호가 생각이 안 나 한참을 문 앞에 그렇게 서 있었어.
재미있는 만화책을 보고도 웃지 않았어.
책상 위 네가 줬던 물건을 보고, 보고, 보고, 또 보고.
사진도 몇 번씩 들췄다, 감췄다, 버렸다, 주웠다, 꺼냈다, 넣었다.

나는 분명히 잘 살고 있어.
다만 의미 없는 일들이 많아졌을 뿐이야.

늦가을 문턱

나 많이 울었어.
많이 힘들었어.

겨울은 다가오는데
시린 마음, 기댈 곳 없이 황량해서
매일매일 울었어.

그런데 진짜 무서운 건

내일이 와도
모레가 와도
그렇게 더 많은 시간이 흘러도
나아지지 않는다는 것.

꿈꿀 희망도
두근거릴 사랑도

짜릿한 일탈도 없이

나는 자꾸 사그라져.

그게 나를 매일
울게 해.

조금이라도 괜찮은 기억으로 남고 싶어서

011-***-****
이 번호가 맞나?

만나는 도중에도 잘 기억나지 않던 번호가
휴대폰 키패드 앞에선 잘도 눌러진다.

03:41
내친김에 미친 척 통화 버튼을 눌러볼까 했지만
역시 관둔다.

언젠가 너와 함께 있던 새벽.
그날 누군가의 전화를 받고
무척 짜증 내던 너의 모습이 떠올랐기 때문이다.
그건 헤어진 네 여자친구.

내 앞이라 그랬을지 몰라도

너는 헤어진 여자친구에 대해서만큼은
몹시도 냉정하고 못된 사람이었다.

곰곰이 생각해보면
나는 단 한 번도
네가 예전 여자친구들 중 한 명이라도
그리워하는 건 둘째 치고
좋게 말하는 꼴조차 본 적이 없었으니.

그런 네가
사귀는 동안에는 좋았는데
이렇게 되고 나니 몹시 밉다.
술기운이나 밤 기운으로라도
너에게
절대로
전화를 걸 수 없게 되었으니.

그랬다간 나 역시
네게 '그런' 여자가 되어버리는 거니까.

나는 여기서 가슴 조이게
한마디, 한마디 너에게 건네는데
저쪽에서 너는 얼음 같은 얼굴로 전화를 받고

끊고 나선 짜증을 낼 거란 걸 떠올리는 것만으로도
휴대폰 위의 내 손가락은 힘없어진다.
너에게 영영 그리움조차 될 수 없다는 그 생각만으로도
휴대폰 위의 내, 손가락은.

가끔
원망스럽지

머리끝부터 발끝까지 전부 좋았던 네가
살아 있다는 게 다행이라던 네가
그러니까 죽음이 약속돼 있어도 이런 건 정말 좋다던 네가
어쩌자고 그런 말들을 마구 했던 네가
왜 오늘 같은 날은 생각하지 않고 마음껏 사랑했는지
우리가 이렇게 되어버릴 걸 너는 정말 몰랐는지
나는 다 알았는데
그런데 어떻게 그렇게 마음대로였는지

원망스럽지.

차마 적지 못한 수많은 약속.
지키지 않아서 다행이야.
정말 너무너무 다행이야.

겨울, 함부로 잡아당기지 말 것

그리움이란 때론

올 풀린 스웨터 같아

쏟아져 나오는 엄청난 것들에

울어버릴 수 있어.

투성인데

그 버스를 타면
나는 아직도 네가 나를 배웅해주던 그 자리를 바라본다.

사람들 틈에 서서 버스와 나를 번갈아보며
버스가 출발할 때까지 그 자리에 서 있었던.

나는 그런 너를 보며 웃기도 하고 전화를 하기도 하고
토라진 날엔 애써 앞 좌석 등받이만 바라보기도 하고

버스가 출발하면 어김없이 울리던 전화벨.
너는 내가 가는 걸 다 봤으면서도
"잘 가고 있어?"라고 물어봐줬다.

가끔 나는 그 버스를 탄다.

배웅해주는 사람도 없는데

나는 여전히 창가 자리에 앉아
어디에도 없는 너를 가만히 바라본다.

나만 보이는 너를
남들에게도 보이던 너보다 더 오래오래 바라보다가
마치 정말 그 자리에 있는 듯 말도 안 되게
손도 흔들어본다.

데려다주지 않는다고
그래서 나를 덜 사랑하는 거라고
왜 그렇게 생각했던 걸까.

곰곰이 짚어보면
이렇게
당신은 나를

충분히 사랑했었는데.

잘 있어주었구나,
참 고마워

오래전에 귀를 뚫었어.
두 개, 세 개, 네 개.
한참 하고 다니다 어느 날부터는 안 하게 되었어.

그냥 하기 싫어서 안 했던 거야.
한참이나.

4, 5년쯤 지났을까.
거울을 보니 아직도 선명한 귀의 흉터.
귀걸이를 넣어보니 쏙 들어가.

귀걸이를 다시 한다고
내가 어려진다거나
그때로 시간을 되돌릴 수 있는 것도 아닌데
나는 괜히

'너는 이곳에서 네 자리 잘 지키고 있었구나.'
하는 생각에
이른 아침 출근 준비를 하다가 어이없게
정말 어이없게

울 뻔했어.

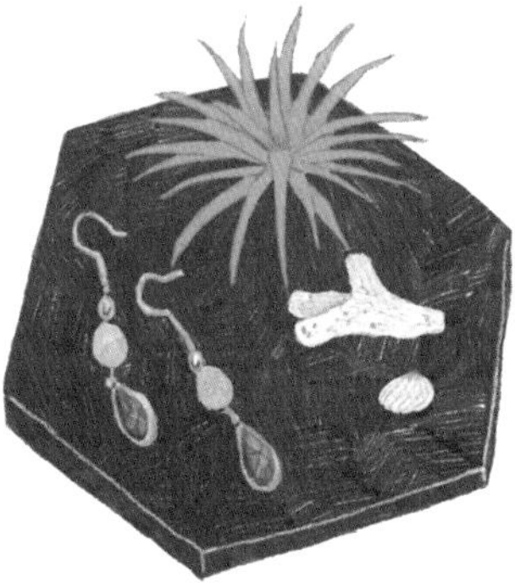

결코
사랑이 아니었던

그것은 사랑이었을까요?

나는 몇 번이고
당신과 내가 나눴던 감정에 대해
설명하려고 애썼습니다.

하지만 이야기를 꺼낼 때마다
매번 내 기억은 달라졌고,
내 말도 달라졌고,
그러니 혼란스러워졌습니다.

결국 이 모든 것이 뭐가 그렇게 의미가 있나,
하는 생각까지 들게 되었습니다.

그리고 내린 결론은
그것은 아마

사랑이 아니었다는 것.

그게 사랑이었다면
사람들에게 당신에 대해 이야기할 때
그토록 혼란스럽지 않았겠죠.

좋아해.
좋아하는 사람이야.

명확했을 겁니다.
하지만 어쩐지 그런 말을 할 수 없었던 당신입니다.

다만 나는
사랑이라 말하고 싶었던 것 같습니다.
하지만 그게 도무지 입이 떨어지지 않아
혼란스러워하고 힘들어했던 거겠죠.
왜냐하면 우리는 결코,

사랑이 아니었으니까.

결코 사랑이 아니었던 당신.
이렇게 말하니 전혀 혼란스럽지 않네요.

그 골목
3년 만의 마주침

나는 너를 봤어.
너도 나를 본 것 같았어.

잠깐, 2초, 눈이 마주친 뒤
나는 황급히 고개를 숙이고 종종걸음으로 걸어갔어.

네가 나인 걸 모르길
네가 나인 걸 알아차리지 않길
너무나도 바라면서.

지루한 운동화에 무릎 나온 추리닝
아주 넉넉하고 낡은 더플코트
화장기 없는 얼굴에 어수선한 머리.

그렇게 초라한 나라는 사람을
네가 전혀 몰라보길 바라면서.

모를 리가 없겠지.
사실 난 네 앞에서 늘 그런 모습이었으니.

그래도 제발 못 알아봐주길 바라는 내 마음은
꼬박 4년 동안 사랑했던 너와의
3년 만의 재회에서
조금 더 당당하고 예쁜 사람이고 싶은 욕심.

마지막까지 내 마음대로 되는 거 하나 없이
언제나 네 앞에서 모자란 나는
오랜 시간이 흐른 뒤에도 그 모습, 그 자리.

그때 그 마음만 없어.

오랜 시간 동안
당신이어서

슬픈 영화를 보고
미친 사람처럼 엉엉 울며
당신 이름을 들먹이는 건

어린애가 쿵 넘어지고 울음을 터트리며
엄마를 찾는 거랑 같아.

울지 말라고
안아주고 다독이고 달래줬던 건
오랜 시간 동안
당신이어서.

나는 아직도 질질 짤 때면
당신을 찾아.

단지 그것뿐이야.

오랜 시간 당신이어서.
유효기간 한참 지난 그 버릇을
나는 아직도.

울다가 그 이름 불러놓고
그게 더 서글퍼서 더 많이 우는 것의 반복인
어느 다 큰 여자의 밤.

마음만 앞서서

잔뜩 마음만 앞섰어.

내일 아침엔 꼭 수영장에 가서 수영을 해야지.
베이글을 구워 먹을 거야.
화장도 제대로 할 거고
예쁜 옷도 입고
회사에 가서 열심히 일을 하다 올 거야.

… 하고 누워서는 얼마든 생각해.

하지만 막상 아침이 되면
알람 소리 울리는 휴대폰을 집어던지고
1분이라도 더 자고 싶어 베이글은 꿈도 못 꾸고
화장도 옷도 대충 그리고 회사에 가서
'오늘 하루도 내 맘대로 되지 않았어.'
라는 생각에 지쳐 일을 하다 돌아오곤 하지.

잔뜩 마음만 앞섰어.

내일은 꼭 이메일을 쓰든지, 전화를 하든지
아니면 그 집 앞에 찾아가
아직 누군갈 사랑하고 있지 않다면
나를 다시 받아주지 않겠냐고 물어봐야지.
싫다고 하면 쿨하게 돌아서는 것도 잊지 말아야지.
그땐 절대 울지 말아야지.

… 생각하다가도

내일이 되면 하루를 버겁게, 버겁게 살다가
다시 못 견디게 힘들어지는 순간이 오면
또 결심만 하겠지.

이렇게 잊어가는 거라지만
이렇게 멀어지는 거라지만

난 하루에도 수백 번씩
너에게 돌아가는 연습을 해.

잔인하고 우스운 게 필요해서

가끔이라도
당신이 생각나서
나는 너무 좋다.

너무 지루하고 평범해
가끔은 선홍색 피처럼
잔인하고 우스운 게 필요한 내 일상에

당신은
당신이란 존재는
그것만으로도
충분히 그렇다.

이렇게 앨범에 넣어두려고
그렇게 울고 악쓰고 매달렸나 보다.

가끔 사랑 이야기가 필요한 코너에 소재로 쓰려고
문자 메시지의 주제로 한번 넣어보려고
어느 날의 껄껄거리는 무용담으로 만들어버리려고

당신을 만나고
사랑하고
그렇게 드럽게
헤어져버렸나 보다.

오타와 Ottawa

공항에서 내리면 짐을 챙겨
다운타운으로 향하는 버스를 탈 것.
내려서 시내에 있는 호텔에 짐을 푼 뒤
다시 나와 버스카드를 만들 것.
단 하루를 있더라도 버스카드는 꼭 만들 것.

버스를 타고 올린스로 향할 것.
올린스 정거장에 내려서는 버스를 한 번 더 갈아탈 것.
몇 정거장을 가야 나오는지는 잊었지만
그 근처에 가면 분명 알게 될 테니 걱정은 말 것.
켄네 집 앞 버스 정류장에서 내려
그다음부터는 걸을 것.
아무리 춥더라도 걸을 것.
어차피 택시도 없음.

걸어서 켄네 집 앞에 가 창밖에서

켄이 있는지 앤이 있는지 슬쩍 볼 것.
들어가지는 말 것.
미리 연락도 없이 방문하는 것은 예의가 아니니.
그저 잘 지내는지 확인만 한 뒤 다시 걸을 것.

네가 그와 함께 걸었던 그 모든 곳을.

공원을 가로지를 것.
밤이면 아무것도 없어 너무 깜깜해
"켄, 공원을 가로질러야만 빨리 갈 수 있는데
거긴 너무 무서워. 누가 날 해치면 어떡하지?"
물었을 때 켄이 말했잖아.
"괜찮아. 거긴 안전해. 영하 60도에 누군가를 해치려고
숨어 기다리는 머저리는 세상에 없거든."
맞아. 그 공원엔 아무도 없음.
너와 나 말고는 언제나 그랬음.

그 공원을 가로질러 이번엔
네가 살았던 그 집 앞에 가볼 것.
거기서 네 방 창문을 올려다볼 것.
그리고 딩동 벨을 누를 것.
누군가 나오면 "자전거를 빌려 써도 될까요?" 물어볼 것.
그 집의 안주인이었던 케이티는

늘 자전거를 잘 빌려주던 사람.
아마 너에게도 빌려줄 거야.

그 자전거를 타고 이제부터 시작.
위너스 쪽으로 가볼 것.
거기의 비디오 가게와 KFC,
세컨드컵과 마르쉐 전부 들러야 끝나는 거임.

자전거는 케이티에게 돌려주고
그곳에서 다시 버스를 탈 것.
시내로 돌아와서는 시장,
한국 음식이 너무 먹고 싶을 땐 중국인이 하는 마켓에 가
5천 원짜리 컵라면을 사 먹곤 했던 바로 그 시장,
바이워드 마켓에 있는 레스토랑을 찾아갈 것.
맛이 없었는데 별이 정말 좋았던 그곳에서
밥 말고 차를 마실 것.
그러곤 리도 운하에 얼음이 아직 얼어 있나,
3월이어도 얼어 있었는데, 4월에도 얼어 있었는데,
도대체 이곳엔 봄이 오긴 하나
나는 얇은 코트를 꺼내 입을 수는 있는 건가
영원히 이 솜 패딩이나 입고 살아야 되는 건 아닌가
생각했던 그 겨울을 떠올리며
운하의 스케이트장을 확인할 것.

아직 하고 있다면
그렇지, 비버스 테일을 사서
아삭아삭 먹는 걸 잊지 말 것.

오타와유에도 꼭 들를 것.
그곳의 어학당에 가서 흘끗 볼 것.
운동장도 흘끗 볼 것.
카페테리아도 흘끗 볼 것.
너와 함께 갔던 그 모든 곳은 전부 흘끗 볼 것.

그리고 나무 밑에 앉아서 조금 숨을 돌릴 것.
울지 말 것.
어디라도 그 앞에서 주저앉지 말 것.
그냥 행복해할 것.
좋아할 것.
마치 그때인 양 기뻐만 할 것.
그리고 꿈꿔볼 것.

히터가 나오지만 입김도 같이 나왔던
너무 추웠던 버스 정류장과
캐러멜 시럽이 잔뜩 들어간 커피를 샀던 세컨드컵.
학교에서 집으로 돌아오던 버스 안과
처음 고백을 받았던 푸드코트와

매일 함께 걸었던 공원과
자전거를 타고 비디오를 사러 나갔던 주말 오후와
스케이트를 타러 나갔던 리도 운하.
그리고 헤어지기 싫어 쭈뼛댔던 케이티의 집 앞까지

꿈꿔볼 것.

단 한 번
그곳에 내가 다시 한 번
가볼 수만 있다면.

일생에
무지개같이 변하는 사람을 만나기도 하지
그런 사람은 단 하나뿐이지 - 영화 〈플립〉 中

나는 너에게 그런 무지개 같은 사람이었단 생각이
웬일로 사신 있게 들어.

나 같은 인간은 지구를 통틀어
너에게 단 하나뿐이었을 거라고.

너를
웃고 울고 화나게 만들었던
심지어 마지막의 마지막까지
도무지 이해할 수 없게 만들었던 사람은
오직 나뿐이었을 거라고.
그래서 나, 너에게
영원히 걷히지 않는 무지개가 되었을 거라고.

그거 하나 잘했단 생각이 들어.
웬일로.

사라져버릴까 봐

있잖아.

나는 지금 행복한데
그러니까 많은 것들을 가지고
원하던 것들을 이루고 있는데
나는 그저 단 하나를 바라기도 해.

집으로 돌아오는 길,

그 앞에 네가 기다리고 있다면
정말 좋겠다.

지난 시간은 없던 것이 되고
네가 그저 거기에 서 있다면

나는 정말 꿈만 같을 것 같아서.

너에게 힘차게 달려가
왜 왔냐고, 언제 갈 거냐고,
그런 거 하나도 묻지 않고
그냥 같이 있을 거야.

만지고 얘기하고
다시 만지고 얘기하고
그러다 말할 거야.

"미안해."

그런데 또 내가 안 미안한 건
난 너에게 언제나 최선을 다했어서.
너에게만큼은 내가 무엇도 잘못하지 않아서.
내 자존심 억지로 부리지도 않고
항상 너에게 지기만 해서.

그래도 있잖아.
사실은 미안해.

나

매일 네가 돌아오는 꿈을 꿔.

너와 헤어져서 받는 형벌이야.

나의 하루

아침에 일어나서 우울하지 않은 적이 없었어.
'오늘은 또….'
하는 생각에 나는 가끔 꼼짝도 못하곤 했어.
거울을 보는 것도 즐겁지 않고
좋은 걸 하면 그때뿐
나는 전혀 행복하지 않다고 곱씹곤 했어.

그래놓고 원고에는
행복은 찾아오는 게 아니라 당신이 찾아가는 거라는
거지 같은 충고나 날리면서
나는 많이 아팠어.

일어나라는 목소리가 너라면 어땠을까.

가난한 매일에 나는 조금 웃었을까.
지나는 길엔 꼭 한 번씩 돌아보는 너의 사무실과

마지막에 네가 울었던 모습.
사랑한다던 글자.
전부.

잊어버릴까 봐
잊힐까 봐 전전긍긍하면서

내가 선택한
충분히 예상되었던 나의 일상을 오늘도 살아.

너에게 좋은 사람이었던 적이 없어서
좋은 사람으로 남고 싶은 마음도 없어.

그러나 너는 내게 정말
좋은 사람.
그리운 사람.
미안한 사람.

난 벌써
너의 글씨와 목소리와 점의 위치와 손바닥의 크기까지
잊어버렸어.
남은 게 별로 되지 않아.

당신이라서
모두 가능했다

그 길의 끝이 그저 끝이라는 걸 알게 된 것도
마음 놓고 응석 부려도 괜찮은 사람이 있다는 것도
내가 좋아하고 싫어하는 걸 분명히 말하는 게
내 인생에 도움이 된다는 것도
당신이라서

당신이 옆에 있어서 모두 가능했다.

나를 이렇게 만들어놓은 당신은
나 때문에 무엇이 가능했는지.

무엇도 가능하지 않고 그저 나라는 여자가
당신에게 지우고 싶은 일이 되어버린 건 아닌지
어디서 내 얘길 들으면
그리움보다 짜증만 솟구치는 건 아닌지

나의 햇살이었던 당신이
나를 지옥이라 믿고 있는 건 아닌지.

아니야. 그렇지 않아. 오해였어.
이제 와 정정할 수도 없는데
난 이미 당신에게 너무나도 몹쓸 사람이 된 건 아닌지.

그보다 두려운 건 당신에게 잊히는 것.

당신의 바다에
당신의 쓰레기통에
당신의 책상 구석에
벌써 아무것도 아닌 사람이 되어버렸는지

당신의 새로운 여자친구 앞에서
쓱 찢어버린 추억이 되어버렸는지

우리의 날들이 이렇게 사라지고 있는데
나 역시 당신에게서
먼지 같은 존재가 되어버렸는지.

아주 많이 외로운 밤

나를 사랑해줬던 너희들은
전부 어디로 갔니.

어디로 가서
어떻게 나를
그렇게 쉽게 툭 떼어
갖다 버렸니.

사랑해줄 것도 아니면서
나는 참 니들이 그립다.

내가 외로워서
사무치게 쓸쓸해서

너희들의 그 흔한 마음.
사랑해주지도 않을 거면서

별거 아니라던 그 마음이

되게, 되게, 그립다.

겨울에 태어난 당신

"겨울에 태어났으면 겨울을 좋아하겠네."라는 억측은 그녀가 가장 싫어하는 억측이었다. 말 그대로 억측. 억지로 하는 추측. 보통 생일이 언제냐고 묻는 남자들은 그녀가 생일이 12월이다, 하고 대답하면 마치 모두 짠 듯이 저런 말을 하곤 했다. "겨울에 태어났으면 겨울을 좋아하겠네." 그녀는 단 한 번도 8월에 태어났다는 사람들에게 "여름에 태어났으니 여름을 좋아하겠네."라는 억측을 한 적이 없는데. 하지만 그녀가 간과한 것이 있다면 그건 그저 그냥 하는 말이라는 거다.

"직장이 어디세요?" "제 직장은 어디입니다만." "저 거기 제품 사본 적 있어요! 반갑네요!" 그런 대화를 가만히 듣는 제3자는 '저 사람이 그 직장을 다니는 것과 네가 그 회사의 제품을 사본 적이 있다는 게 무슨 상관이지?'라는 의문을 가질 수 있겠으나 다수의 사람들은 오로지 그 '연결 고리'를 만들기 위해 대화를 한다는 것. "저는 어디에서 뭘 하고 있습니다." "그렇군요. 저도 그 회사 알아요. 그 근처를 지나가본 적이 있거든요." 이런 식으로. 왠지 억지 같지만 이것이 바로 사회생

활이자 대화의 기술. 하지만 슬프게도 그녀에게는 그런 사회성이나 기술이 전혀 없었다. 그래서 "겨울에 태어났으면 겨울을 좋아하겠네."라는 남자들의 말에 '웬 뭣 같은.' 하는 얼굴로 그들을 쳐다보곤 했었다. 그녀가 무척 예쁜 얼굴을 가졌음에도 그것은 분명한 마이너스였다. 남자들은 의외로 그런 차가운 미녀보단 오히려 잘 공감해주는 여성을 더 좋아하는 편이기에. "겨울에 태어났으면 겨울을 좋아하겠네." "네. 맞아요!" 이 편이 차라리 낫기 때문에.

그런 그녀에게 처음으로 "겨울에 태어났다고? 아, 그럼 겨울이 싫겠네."라고 말하는 남자가 나타난 것. 물론 그런 말을 하는 남자에게 그녀는 따발총처럼 쏘아붙이긴 했다. "내가 겨울을 싫어하는 걸 네가 어떻게 알아. 내가 겨울을 싫어한다고 이마에 써 붙였어? 억측이야? 추측이야?" 남자는 여유롭게 어깨를 으쓱하며 말했다. "뭐래. 그냥 너무 춥잖아. 겨울은. 안 그러냐?" 그때 그녀는 생각했다. '나… 얘 좋아하는 것 같아.' 라고.

하지만 남자는 어쩐지 그녀가 불편하기만 했다. 그도 그럴 것이 그녀는 사람을 아주 불편하게 만드는 재주가 있었으므로. 아니 많았으므로. 지나가다 툭 "밥 먹었어?" 묻는 선배에게 굳이 "선배, 제가 밥을 먹었으면요? 뭐 어쩌실 건데요? 안 먹었으면요? 뭐 같이 먹어줄 거예요? 그냥 묻는 거죠, 선배. 그냥 묻지 좀 마세요. 질문에 목적을 담으시라고요." 이런 대답을 해서 그 선배의 얼굴을 샛노랗게 만들어버리는 재주가

다분했다.

교수님들조차 그녀를 불편해하곤 했는데 축제라서 휴강하겠다고 하면 왜 축제에 휴강을 하는 건가에 대해 그녀는 다시 질문을 했다. "왜요?" "축제라서 하는 거지." 다시 대답을 하면 그녀는 좀 더 정성스러운 답변을 원했으므로 당연히 교수는 그녀를 불편해했다. '축제라서 휴강을 할 뿐인데 그걸 왜 하냐고 물으면, 와씨, 나는 무슨 얘길 해줘야 하는 건가. 축제 때 놀아야 하므로 강의를 쉰다. 강의를 하면 빠지는 애들이 많다. 그럼에도 불구하고 강의를 해야 될…' 이렇게 몹시 근본적인 이야기부터 시작해야 되는 건가. 그렇다면 과연 근본적인 이야기란 어디서부터 어디까지란 말인가. 그러나 정말 슬픈 건 교수의 그 어떤 대답에도 그녀의 질문은 계속되었다는 것이다. "그러니까 축제인데 왜, 휴강을 하냐고요. 교수님!"

그런 식으로 수업 중간에 있는 쉬는 시간을 그녀가 홀짝 잡아먹어버리면 그녀 주변에 있는 여학생들이 대놓고 한숨을 쉬기 시작하는데 그중 한 명이 참지 못하고 "재 또 시작이네." 라는 말을 했다가 수업이 끝난 뒤 그녀에게 붙들려 "내가 뭘 또 시작했는데. 말해봐. 내가 도대체 너한테 무슨 피해를 줬는데. 듣기 싫으면 그냥 화장실이나 가면 되지, 왜 내 얘기를 가만 듣고 앉아 있던 주제에 뭐가 또 시작이라고 핀잔인 건데." 라는 잔소리를 10분 정도 더 들어야만 했으므로 대부분의 여학생 역시 당연히 그녀를 싫어했다.

'아, 그래도 그녀는 미녀이기 때문에 남학생들만큼은 그녀를 좋아할 거야.'라는 것도 분명한 억측에 속하는데 그건 남학생들조차 그녀를 좋아하지 않았기 때문. 물론 처음에야 외모에 끌려 좋아했겠지만 바로 "너 따위가 나를 왜." 같은 심한 말을 듣게 되었고, 무척이나 상처받았으며 후엔 저주했고, 나중엔 완전히 무관심해졌달까. 그래서 그 과에서 그녀에게 말을 걸어주는 사람은 아무도 없었다. "겨울에 태어났다고? 아, 그럼 겨울이 싫겠네." 그녀와 우연찮게 같은 겨울에 태어나 저도 모르게 그녀에게 그따위 소리를 해버린 그 남자 외엔 그 누구도. 그래서 남자는 그녀가 너무나도 불편했다.

그런 남자의 속도 모르고 그녀는 어느 날부터 남자를 향해 웃어주기 시작했는데 지나다 그 남자를 보면 조르르 달려가 "안녕? (씨익)" 밥을 먹다 눈이 마주치면 "맛있게 먹어. (씨익)" 그 미소가 아름다웠을까? 그것도 역시 억측에 속하는데 애석하게도 그녀는 잘 웃는 사람이 아니라서 그 미소가 어색하기 짝이 없었기 때문이다. 그래서 웃을 때마다 그나마 유일한 장점인 외모를 깎아먹기 일쑤였는데 물론 그녀는 그런 것도 몰랐다. 그저 좋아하면 웃어주는 거지, 생각하고 남자를 볼 때마다 씨익 씨익. 하지만 남자는 그녀의 미소가 너무나도 불편했다. 왜냐하면 남자는 뭐랄까, 두루두루 인기가 있는 타입이랄까? 누나가 많은 집에서 태어나 어릴 때부터 여자가 불편하지 않은. 그래서 여사친이 잔뜩인. 그렇다고 마냥 여성 취향은 아닌 게 운동도 좋아하고 게임도 좋아하고 선배들에게 깍듯하고 후배들은 또 잘 챙기는. 그래서 인기가 많은 남자. 그러므로 모두가 싫어하는 왕따인 그녀의 친절이 무척 부담스러운 남자. 남자는 그녀를 슬금슬금 피하기 시작했는데 그럼에도 그녀가 눈치를 채지 못하자 결국에는 노골적으로 말했다. "저기 나 너 싫은데." 그래도 씨익 씨익 웃는 그녀에게 "저기. 그렇게 웃지 말아줄래? 무서워." 정색을 하고 말하기도 했는데 그럼에도 불구하고 그녀는 남자를 결코 포기하지 않았다. 그런 그녀의 마음이 정말 어느 날, 뚝 멈춰버린 것이다.

그날은 종강파티를 하는 날이라 과 사무실에 많은 사람들이 모여 있었고 그녀도 그 틈에 끼어 남자를 바라보고 있었다. 속으로 어떻게 하면 종강파티 때 재 옆에 앉을 수 있을까, 고민하며. '와. 재 오늘은 파란색 폴로티를 입고 왔네. 파란색이 잘 받네. 그럼 쿨톤인가? 아니 웜톤인가? 오, 헷갈리네.' 그런 것들이나 생각하며. 그러다 문득 남자와 쓱 눈이 마주쳤는데 그때, 그녀는 느낀 것이다. 지금껏 저 남자가 자신을 거절했던 건, 자신을 싫어하는 감정이 아니었다는 걸. 쓱 마주친 남자의 눈빛은 그녀에게 이런 말을 하고 있었으니까.

'야, 나 너 창피해.'

그녀는 그 길로 과 사무실을 빠져나왔고 방학 중에 생겨난, 그 남자가 포함된 그 어떤 모임에도 나가지 않았다. 그리고 다시 새 학기. 새봄이라곤 하는데 솔직히 아직은 코트를 입고 다녀야 할 것 같은 3월 5일 정도의 날씨. 하지만 그녀는 딱 붙는 니트 원피스에 얇은 트렌치코트를 걸치고 강의실에 나타났다. 무척이나 도도한 얼굴로 앉아 앞만 보고 있자 남자는 생각했다. '쟤… 뭔가 달라진 것 같은데 뭐지?' 남자는 그녀가 한 번쯤 자신을 돌아봐주길 기다렸다. 하지만 그녀는 끝까지 남자를 돌아보지 않았다. 그러다 수업이 끝나고 어쩌다 눈이 쓱 마주쳤는데 그때 남자는 느낄 수 있었다. 더 이상 그녀가 남자를 좋아하지 않음을. 그렇게 되어버렸음을. 그리고 그녀의 눈빛이 그에게 이런 말을 하고 있음을. '뭘 봐.' 남자에겐 이상하리만치 거대한 서운함이 몰려들기 시작했다.

다들 남자에게 말했다. "야. 원래 그래. 원래 널 미친 듯이 좋아하다가 딱 그 마음 접어버리면 그때부터 걔가 궁금해지기 시작한다니까? 그건 진짜 좋아하는 게 아니고." 그래서 남자는 한 학기를 그런 마음으로 버텼다. 원래 그런 마음. 그냥 서운한 마음. 이것은 사랑이 아니야. 그렇게 여름방학을 견디고 새 학기. 가을이 시작됐다고는 하지만 솔직히 아직은 반팔 티셔츠를 입고 다녀야 할 것 같은 9월 7일 정도의 날씨. 그때 그녀는 짙은 베이지색 실크 원피스를 입고 학교에 나타났다. 남자는 정신을 차리려고 얼마나 애썼는지 모른다. 고작 옷 입은 거에 홀리는 건 정말 너무 저렴하지 않냐. 쟤는 원래, 정말 원래 예뻤다. 쟤가 저렇게 예뻤는데도 나는 싫었다. 그걸 기억하자. 이건 정말 저급한 감정이다. 정신 차려. 그러다 남자는 그녀와 눈이 마주쳐버렸는데 그만 또 느끼고 만 것이다. 이번엔 그녀의 눈에 아무것도 남아 있지 않음을. 그 무엇도, 어떤 것도 존재하지 않음을. '뭘 봐.' 따위조차.

"좋아하게 됐어." 결국 남자는 그녀에게 고백을 했다. 하지만 그녀는 남자에게 아무 대답도 하지 않았는데 "얼마나 기다리면 돼?" 애원을 하니 그제야 "조만간."이란 애매한 대답을 내놓았다. 남자는 손톱을 물어뜯으며 초조해했다. '야, 제발 나 좀 좋아해줘라. 야, 제발 나를 보고 씨익 웃어줘라. 야, 제발 나한테 문자 좀 보내고. 야, 제발….' 그리고 무려 겨울방학을 앞둔 12월 초. 그제야 그녀가 남자의 고백에 대답을 내놓았다.

"나도 여전히 네가 좋아."

"내가 좋았으면서 왜 그렇게 나를 쳐다봤어? 내가 좋았으면서 왜 모임엔 한 번도 안 나왔어? 내가 좋았으면서 왜 1년 내내 모른 척했어? 내가 좋았으면서 왜 바로 대답하지 않았어?"

이번엔 남자가 폭격기가 되어 그녀에게 따져댔다. 그러자 뾰로통한 얼굴로 그녀가 대답하길 "네가 날 창피해했으니까." 그러자 남자는 더욱더 달려들었다.

"야. 그럼 니가 안 창피해? 니가 얼마나 창피한 짓을 했어. 쉬는 시간 다 잡아먹으면서 말도 안 되는 질문을 해대지 않나. 웃는 게 웃긴 줄도 모르고 아무 때나 보고 웃질 않나. 씹고 지나가는데 속도 없이 와서 붙잡고 말 걸고. 여자애들이 다 너 싫다고 욕하는 데 개의치도 않고. 그뿐이야? 내가 너한테 무섭다고까지 했잖아. 그런데도 내가 좋다니. 야, 너는 밸도 없냐? 그러고도 날 보고 또 웃어? 사람들 다 보는 앞에서? 너는 진짜 창피한 짓만 골라서 했어. 그래놓고 내가 널 창피하게 생각하지 않길 바라?"

"응."

"아, 그래?"

"응."

"그래도 안 창피하다고? 너는?"

"응."

"내가 그렇게 망신을 줬는데도?"

"응."

"왜?"

그녀가 남자를 보더니 말했다.

"좋아하면 원래 그러잖아."

남자는 한참을 생각했다. 좋아하면 원래 그런 건가에 대해서. 그러고 보면 남자는 매 순간 망신을 당하지 않기 위해 노력했던 것 같았다. 초등학교 때 누굴 좋아한 적은 있었는데 그 여자애의 마음을 먼저 확인하기 전까진 절대로 고백하지 않았다. 거절당하면 창피해지니까. 단 한 번도 누군가를 좋아하는 마음만으로 용기 내본 적이 없었다. 이유는 늘 같았다. '거절당하면 창피해진다.' 그러므로 남자가 그녀에게 한 고백은 생애 첫 고백이었다. 창피해질 수도 있는데 마음이 이끌려 어쩔 수 없이 뱉어버린 고백. 이게 진짜 좋아하는 거구나. 너는 날 진짜 좋아했었구나. 그래서 하나도 부끄럽지 않았던 거구나.

그녀와 남자가 잘됐다는 이야기에 남자의 친구들은 혀를 찼다.

"야. 그런 관계는 오래 못 가. 넌 걔 술수에 넘어간 거야. 그런 마음으로 시작한 게 어떻게 오래가겠냐? 누가 좋아하다가 안 좋아해주니까 그게 궁금해서 사귀는 마음이라니. 야, 두고 봐라. 너 금방 헤어진다. 그건 진짜 좋아하는 게 아니고…"

야. 이 자식들아. 그건 모르는 거지. 그건 지금부터 관계를 시작해봐야 아는 일이지. 그리고 남자는 조금 달라졌다. 깨달은 게 하나 있기 때문이다. 그건,

창피한 게 맞았다는걸. 창피해야 뭔가 시작이 된다는걸. 창피하지 않은 채 평생을 사는 건 그냥 방에 앉아 책만 보다 죽는 일이라는걸. 용기의 다른 말은 창피함을 극복하고 무언가를 이뤄보겠다는 기운이라는걸. 언젠가 계절이 끝나듯 그들의 시기가 다 되어 그녀와의 시간이 끝나는 날이 오더라도 이렇게 시작했으므로 후회가 없다는 걸 남자는 이제 안다.

고마운 거
미안한 거

항상 고맙지.
고마운 것투성이지.
미안한 것 일색이지.

그리고

미운 게 하나 없지.
싫은 게 너무 없지.

그래서 문제지.
널 떠올리면
언제나 좋은 것들뿐이라서.
싫은 게 너무나도 없어서

늘
그게 문제지.

쓰레기통까지 가는 나의 마음

그런 건
아무것도 아닌 날
아무거나 할 때
아무렇게나 떠오른다.

콧구멍을 벌렁거리던 버릇이나
"만지지 마!" 혼자 연기하고
"야. 이번엔 진짜 같지 않았냐?" 말하던 장난은

재워달라 말하면
"짜장짜장 짜장짜장." 따위의 노래를 불러댔던
그런 건 정말

예고 없이 어느 날
누군가와 말을 하다가 문득
TV를 보고 깔깔거리다 문득

청소를 다 하고
"쓰레기 버리러 다녀올게!!"
말하는 순간 문득

떠올라버린다.

당신이 너무 많아
도무지 치울 수가 없다고 불평했던 그 어느 날.

그럼에도 불구하고 빠득빠득 너를 다 치웠는데도
이렇게 생각난다.

그 과거에 살고 있는 나는
뭐가 좋다고 깔깔거리고 있는데

그렇게 좋으면 여기 사는 나한텐
떠넘기지 말라고
그곳에서 영영 행복하고
지금의 나에게
우린 그렇게 행복했었다, 사랑했었다,
말하지 말아달라고.

나는 내려앉으니까.

그러고서 쓰레기통까지 가는 내 마음은
비참하기 짝이 없으니까

그렇게 아무렇게나 늦은 밤에
찾아오지 말아달라고

부탁하고 싶다.

욕심입니까

그대가 또
비 오는 날을 좋아하는 여자를 만나더라도

적어도 처음 순간만큼은
나를 생각해주었으면.

그대는 어디에서도
내 안부 따윈 들을 수 없을 테니.

그대가 기억하는 내 모습
온전히 잊지 않고
나와 비슷한 취향의 누군가를 또 만나거든
그때 꼭 나를 떠올려주었으면.

'잘 살고 있을까.'

응.

그대가 떠올리는 그 순간만큼은

행복하게 잘 살고 있을 거야.

여전히 너를
보고 싶어 하는 주제에

너에 대해
더 이상 써 내려갈 추억도 동이 나서
어떻게든 내 감성의 소재로 이용만 하고 싶어 하는
지금의 나라는 사람.

너는 내가 구했어.
그런 지옥에서.

내가 먼저 너를 떠났잖아.

다시 봄,　　우린 이렇게 어른이 되었어

너는 너대로 나는 나대로
각자의 시간 속에서

그러나 우린 다 함께 어른이 된 거야.
언젠가 너와 함께 겪었던
고통과 상처들을 씨앗 삼아
이렇게.

그런 봄이
온 거예요

새벽.
두꺼운 코트를 입고 슈퍼에 가려 현관문을 열자
매서운 바람이 날 때린다기보다는
포근히 안아준단 생각이 들 때.

밤하늘 별도 쨍, 날카롭게 빛나지 않고
파스텔로 칠한 듯 왠지 바래 보일 때.

더 이상 코코아를 주문하지 않고
노란색이나 초록색이 어색하지 않고
벚꽃 소식이 기다려지기 시작하고
조금 뛰고 나면 이마에 땀이 송골송골 맺히고.

어딜 가도 모두 들뜬 기분이고
아이스크림을 샀는데 생각보다 빨리 녹아버리고
라디오에서 꽃 이름 들어간 노래들이 자주 소개된다면

그럼,

그럼 봄이 온 거예요.

누군가의 고백이 그리워지고

누구라도 좋아, 좋아한다는 말만으로

설렐 수 있을 것 같고

그래, 그렇게 사랑을 시작해도 괜찮겠다

싶은 생각이 든다면

어서 가디건을 꺼내 입고

따뜻하고 두툼한 손을 잡고

어딘가를 걷고 싶다면

그런 봄

그런 봄이 오늘, 온 거예요.

하나를 버리면
하나를 채웠던 건데

나는 조금씩 바뀌고 있다.

한여름에도 고집하던 뜨거운 아메리카노를
화장을 하고 옷을 입고 당연한 듯 착용했던 귀걸이를
언제나 끼고 살았던 커피우유와 막대사탕을
5년간 껴오던 어느 해 생일선물로 받은 반지를

마시지 않고, 원하지 않고, 찾지 않고, 지니지 않게 되었다.

꼭 그래야 했던
늘 그렇게만 해왔던
언제나 틀림없었던 일들을
하나둘,
내 일상에서 떼어놓게 되었다.

그리고 나도 모르게 생긴

새로운 습관과 규칙들로
그 자리를 채우고 있다.

그래, 이렇게 해야 하는 건데.
허전한 마음은 이렇게 다시 채워야 하는 건데.

나는 한 발자국도 움직이지 않고
고개를 숙인 채 내 발끝만 바라보며
아무것도 만들고 싶지 않아,
생각하며
그 마음 달래려 해서

이렇게.

왜
그런 걸 바랐을까

나이를 먹는 게 얼마나 무서운 일인지 너는 아마 몰랐겠지.
그저 어서 빨리 어른이 되게 해달라고 소원하며
하이힐에 발을 끼워 넣고 또각거릴 그 나이를 동경이나 했겠지.

그 나이가 되면 그 이후엔 어떻게 되는 건지
그것이 오르막길 끝, 너의 정점이고
이후에는 그 시절을 그리워하며
끝도 없이 내려오는 일뿐이라는 걸
너는 아마, 전혀 몰랐겠지.

그래서 그저 그날들을 꿈꾸면서
얼른 시간이 흘러가주길 바라고 바랐겠지.

이제라도 아니라는 걸 알았지만
이 길은 너무도 가팔라서
누군가에게 쫓기듯 종종 내려올 뿐

나는 다시는 돌아갈 수 없어.

그 모든 것들이 그리워질 예정이라
한 치 앞은 눈에 보이는 뻔한 것들뿐이라
나는 더 이상
나의 미래가 궁금하지 않은데.

나는 늙었어.
그뿐이야.

알아,
너는 이제 행복해

늘 너에게 미안했어.

내 욕심이 당신의 행복을 앗아간 것만 같아서.
내 욕심이 아무 문제없던 당신의 미래를
왠지 '문제'로 만들어버린 것만 같아서.

그래서
억지로 헤어진 것이 끝끝내 미안했었어.

이제

이제 안 미안해.
이제 안 그래도 될 것 같아.

당신이 뭘 하고 사는지 여전히 모르지만
문득 드는 생각은

너는 이제 행복해졌겠다.
왜냐하면
내가 그러니까.

당신이 예전부터 행복했다 할지라도

아니, 그럴 리가 없어.
내가 이렇게 아프니까.
내가 이렇게 불행해죽겠으니까.
네가 행복할 리가, 그럴 리가.

하지만 이제 알아.
너는 이제 정말 행복해.
어딘가에서 나보단 불행하길 바랐던
끝까지 이기적이고 못됐던 내가
진심으로 네가 행복하길 바라게 되었으니까.
그래, 너는 이제 정말
행복해.

안녕, 헤어져

다신 마주치지 말자는 우리들의 마지막 약속은
굳이 노력하지 않더라도
저절로 지켜질 거라는 걸
왜 몰랐을까.

시간은
세월은

그런 것들인데.

감히
말할 수 있어요

나는 분명히 자랐다고.

내게 그 사람과의 사랑이
내 인생에서 유일했던 연애도 아닌데
내 연애의 기억이나 무용담이 전부
그 사람과의 이야기 그것이 근원이라는 건
그 사람이 정말 달랐기 때문이겠지.

하지만 세상엔 있잖아,
놀랍게도 발전하지 않는 사람들이 대부분.
그러니까 거의 모든 사람들은
몇 번의 연애를 하고 헤어진 뒤 이렇게 말해.
"나 또 헤어졌어. 대체 뭐가 문제야?"

뭐가 문제긴. 그 연애의 유일한 공통점.
바로 나, 나 자신이 문제잖아.

그걸 오답노트처럼 꼼꼼히 생각하고 고쳐야만
우린 더 나은 연애를 할 수 있는데
보통 사람들은 자신에게서 그 문제를 찾지 않고
계속 바뀌는 상대에게서 그 문제를 찾아.

그럼 답이 없어.
변수가 너무 많으니까.

나 역시 그랬어.
나 자신의 문제는 조금도 돌아보지 않은 채
상대방에게서 문제를 찾았지.
그리고 우습게도 복수를 다짐하곤 했어.

니들 다 못된 새끼들.
내가 언젠가 다 한 번씩 찾아가
싸대기 한방씩 날려준다.
기다려!

그런데 있지.
이 사람은 아닌 거야.
이 사람이 나를 어떻게 바꿔놓았는지는 기억나지 않아.
정신을 차렸을 땐 이미 물들어 있었으니까.

하지만 난 이 사람을 만난 이후
내 연애의 단점이나 고질병을
고쳐나가기 시작했어.

더 이상 억지로 떼를 쓰지는 않게 되었다거나
사람을 이해하는 폭이 더 넓어졌다거나
진짜 헤어질 생각이 없다면 헤어지잔 그런 말은
웬만하면 하지 않는다거나.

그렇게 나는 분명
자라게 된 거야.
나아지게 된 거야.
그래서 헤어지고 난 뒤 다음 사람에게
조금 더 어른처럼 굴 수 있었어.

물론 어른이 되었다고
좀 더 자랐다고
그다음이 완벽한 사랑은 아니었지만.
그건 그냥

운명이었다고 생각해.

그 사람이 내게 최고의 사랑이었지만
그럼에도 불구하고
우리는 영원히 함께할 수 없다는 것.
그것 역시 전부 운명이었듯이.

기특하게도 나 이제
그런 걸 알게 되었어.

단 하루,
그날을 기다리며

사흘 밤낮을 꼬박 새워 프로젝트를 완성했던 열정의 순간과
좋아한다는 그 한마디에 심장이 터질 것만 같았던 어느 날.

미친 듯이 달려 손목에 쾅!
[1등] 도장이 닿았던 찰나와
자전거 뒷좌석에 앉아 잡은 땀 냄새 한참 나던 너의 등덜미
그곳을 시원히 가르던 바람 같은 것.

우리는 그런 것들로 인생을 채운다.
100일에 단 하루, 하루에 딱 1분
겨우 있을까 말까 한 그런 순간들로.

다가오면 간직하고
언제까지 의지하며
다시 그런 날이 와주길 희망하고 희망하면서.

내 마음
편해지기 위해

버리자니 아깝고
가지고 있자니 거슬리는 그런 것들.
서랍 깊숙이 넣어놓잖아.

그럼 없어진대. 사라진대.

'그런 것들은 어디로 가는 걸까?'
생각해본 적이 있는데 누가 그러더라.

지구 어딘가에 헤어진 사람들이 떠다니는 강이 있다고.

그곳에 가면
사랑했을 때 그 마음을 고스란히 간직한
지금은 헤어진 연인들의 영혼과
사랑했을 때 주고받았던
지금은 어디에도 없는 그 물건들이

둥실둥실 떠다니고 있다고.

한 번쯤 그곳에 갈 수 있다면 좋겠다,
생각했었어.

가서 그 뜨거웠던 그 마음을
다시 한 번 마주할 수 있다면.
놓쳐버린 걸 후회하고 보기 싫다 내버린 물건에게조차
미안한 마음 품을 수만 있다면.

그렇게 하면
지금의 나는 조금 덜 괴로울까
생각했었어.

지구 어딘가
헤어진 사람들이 떠다니는 그 강 앞에 서서.

싫다

억지로 만들어낸 감정의 유통기한은 그리 길지 않다.

억지로 괜찮다고
억지로 특별하다고
억지로 운명이라고
억지로
이 정도면 감사하다고 생각했던
그 마음.

그렇게 욱여넣었던 내 감정이
툭 건드리자
와르르
쏟아진다.

생긴 것도 싫고, 목소리도 싫고, 머리카락도 싫고,
전화통화 길게 하는 것도 싫고,

운전 안 하는 것, 발걸음, 음식 취향, 웃음소리,
가지고 다니는 휴대폰,
반말하는 거, 그 사람의 기상시간까지
전부
전부 다.

싫다.

나는 누굴 좋아할 때 그냥 전부를 통째로 좋아해버려
아주 사소한 것까지 다 좋아해버려
'좋아하겠다.' 마음먹으면 어떻게든 될 줄 알았다.

내 마음, 막다른 곳까지 몰고 가서
'너 갈 데 없어. 이것밖에 없는 거야.' 해버리면
울며 겨자 먹기 식으로라도
좋아하게 될 줄 알았다.

마음이 도저히 안 된다.

내가 왜 이 사람을 만나야 해?
나 왜 이 사람 앞에서 웃어야 해?
나 왜 이 사람이랑 얘기해야 돼?
나 왜 이 사람을 이해해야 돼?

단 한 가지도 너그럽지 못한 마음.
단 한 가지도 양보되지 않는 마음.

억지로 사랑할 수 없어.
이건 죽어도 안 되는 일이었어.

무엇보다
초라했어

짐을 싸지 않으면 미칠 것 같은 날이 있었어.
지금 당장 떠나지 않으면 죽을 것 같아, 하는 날.
슈트케이스를 열어 아무거나 쑤셔 넣고
여권과 카드를 챙겨 맨발에 부츠만 신더라도
도망쳐 나오고 싶은 날.
그러지 않으면 안 될 것 같은 날.

어제였어.

나는 그렇게 하지 않으면 죽을 것 같아서
일단 인터넷으로 항공편을 알아봤어.
지금 당장 떠날 수 있는 곳.
클릭 몇 번 하고 있으니
파도처럼 일었던 마음이 서서히 잦아들고
결국 보고 있던 창을 닫고
내가 이렇게 떠나면 회사는 어떻게 할 거야,

당장 빨래는 누가 해, 청소는 누가 하고,
세탁소에서 찾아올 옷도 있는데 그건 어떡해.

냉장고 속 음식들 다 버리고 가야 되는데
그건 어떡하냐고.

그래, 이런 생각은 너무 충동적이야.
관두자.

그러곤 자리에서 일어나 침대로 돌아왔는데
허탈했어.
허무했어.
무엇보다 초라했어.

나는 왜 이렇게 되었나.
속상했어.

이제 이런 거 저런 거 따지느라
내 바짓가랑이 붙잡는 게 너무 많아서
나는 떠나지도 못하게 되었구나.

겨우 빨래 때문에
겨우 청소 때문에

겨우 냉장고 때문에
나는 이제 여행을 떠날 수 없게 되었구나.
그렇게

되어버렸구나.

어리석은
믿음

언젠가 어떤 사람이 문득 내게 호감을 보였고
마침 그는 내가 관심이 있었던 사람이라
그 애길 들은 내 마음이 방실방실 커져만 가
헤벌쭉헤벌쭉, 히벌쭉히벌쭉거리던 그 어느 날.

난 자꾸 사람들을 붙잡고 묻곤 했었다.
"저기. 저 사람 날 좋아하는 걸까?
정말 나한테 관심이 있는 걸까?"

너무 꿈만 같아서 믿어지지 않았달까.

그때 한 언니가 내게 충고를 해줬는데
"아니. 그 사람은 널 좋아하지 않아.
내가 어디서 들었는데 너한테 그러듯
연락하는 여자애가 또 있다더라."

난,

그 남자의 마음보다
나 자신의 감정보다
그 언니의 말을 더 믿었다.

그래서 그 후로 그 남자가 하는 모든 행동을 의심.
'아, 이런 건 다른 사람에게도 해주는 거겠지?
왜냐하면 나 말고도 연락하는 사람이 또 있으니까.'

단정했다.
'그래. 저 남자는 날 전혀 좋아하지 않아.'

심지어 그 남자가
"네가 좋다. 이렇게 연락하는 건 너뿐이다."
명확하게 말을 했을 때에도
고개를 갸웃거리며 전혀 믿지 않았던 나.

그는 떠났고, 시간이 많이 흐른 오늘
이제 와 돌이켜보니
그는 정말 나를 좋아했음을.

말도 안 되는 충고를 해준 언니의 핑계를 대더라도

결국 내가 내린 결정이기에
나는 결코 할 말이 없다.

하지만 나는 이제
사랑을 시작할 때
그 누구의 말도 듣지 않는다.
믿지 않는다.

그저 오직

내 마음,
내 마음 하나만 보게 되었다.

남경 南京

넌 듣지 못한다고 했어.

“How old are you?”
몇 번이고 물었지만 너의 대답은
갸우뚱한 고갯짓.
모른다는 손사래.

그러자 네 아버지가 나와 말씀하신 거야.
넌 듣지 못한다고.
너는 이제 스무 살이라고.

중국의 하늘은 언제나 흐렸어.
당시 중국어를 전공했던 난 공부를 핑계로
1년 정도 머물렀지.

사람들이 지저분하지 않느냐고 묻는 중국을

음식 탈은 안 나냐고 묻는 중국을
혹시 이상한 곳 아니냐고 묻는 중국을
이상하게 난 좋아했어.
사랑했어.

처음 중국에 왔을 때 보았던 너의 집.
난 특급호텔에 머물고 있었고,
어느 여행지나 그렇듯
호텔의 번쩍거리는 화려한 조명 뒤 감춰진 그 뒷골목은
더럽고 가난하기 짝이 없었지.

호기심에 나가본 건데 거기서 너를 봤어.

넌 너의 아버지가 하는
자그마한 발 마사지 가게 그 귀퉁이에 앉아
나를 빤히 올려다보고 있었지.
그 눈이 너무 맑아 물었던 거야.
"How old are you?"

너희 가게는 중국인들이 사는 아파트,
그 밑에 딸린 상가 안에 있었지.
난 바로 그 아파트를 알아봤고
쉽게 세를 얻을 수 있었어.

학교도 아파트에서 멀지 않았고
질퍽질퍽한 땅의 습기도 좋았어.
아파트 앞의 돌상, 100년 정도는 됐을 거라는
그 돌상도 정말 좋았어.

중국이 그렇지.
길가에 뒹구는 돌멩이도 100년은 넘은 것.
그렇게 모든 것이 오래된 것들이지.

하지만 무엇보다
너와 가까이 산다는 게 가장 좋았어.

네가 아주 말을 안 하는 건 아니었는데
어느 날 너를 데리고
근처 큰 대나무 숲이 있는 공원엘 갔었지.
그 공원은 입장료를 내고 들어가야 해서
잘사는 사람들만 가는 곳이라고
너희 아버지가 말한 걸 기억했거든.
네 소원 중 하나가 그곳에 가는 거라고 했던 걸
잊지 않았거든.

그 조그만 가게에서 밖에 잘 나가지도 않는
너를 데리고 대나무 숲을 걷는데

중국의 그 매캐한 냄새
갓 부화된 계란에서 나는 냄새
그 냄새가 바람을 타고 내 콧속으로 들어오자
네가 말했어.

"라라라."

나는 네가 말을 한다는 게 신기해서
더 해보라고 했지만
너는 그저 웃기만 했어.

늘 그런 중국처럼
나도 오랫동안 그곳에서 머물길 바랐지만
오래오래 화석처럼 남겨지길 바랐지만
떠나야 했어.

가는 날에도 너는 내게 말했지.
"라라라."

그때 너희 아버지가 내 어깨를 치며 말했어.
"Lalala means… she loves you."

그래. 다 너 때문이야.

사람들이 지저분하지 않느냐고 묻는 중국을
음식 탈은 안 나냐고 묻는 중국을
혹시 이상한 곳 아니냐고 묻는 중국을

내가
좋아했던 건
사랑했던 건

라라라
전부 너 때문이야.

매일 쓰던 원고를 쓰지 않게 된다면

매일 쓰던 원고를 쓰지 않게 된다면
매일 써야 했던 오프닝과
매일 써야 했던 리드와
매일 생각해야 했던 코너 구성을
쓰지 않아도 된다면

얼마나 좋을까.

지난 11년 동안 매일 소망했던 것.

나는 내가 그렇게 좋아하는 일을 하면서도
놀랍게도 매일 괴로워했고
더 놀랍게는 그 일을 더 이상 하지 않을
그날만을 기다렸었다.
바로 그날이 나에겐 일종의
희망이었으니까.

지금
내 희망이 이루어졌다.

그러나 나는 아프다.
쓰지 않게 되어서,
쓸 필요가 없어져서.
써야 했을 때보다 더 괴로워서.

매일 하던 일을 멈추는 것이 이런 벌이었던가.

그래서 사람들이 매일 피던 담배를 끊는 걸 어려워하고
나쁜 남자와 연애하는 걸 멈추지 못하고
과식하거나 게으른 걸 끊어내지 못하는구나.

매일 하던 무언가를 멈추기가 어려워서.
그게 몹시 나쁜 것일지라도
아프니까, 이상하게 슬프니까
그리고 그 힘든 것이 자꾸자꾸
그리워지니까.

그래, 멈출 수가 없었던 거구나.

엄마 말씀

"괜찮아. 피곤하면 얼른 자."

할 일이 산더미.
안 하고 자면 큰일인데.
무거운 짐,
내 머리 위를 짓누르는 밤.

엄마가 말했다.
"괜찮아. 피곤하면 얼른 자."

엄마의 말에 뭐든지 괜찮아질 거라는
이상한 확신.

책을 덮고
이불을 덮고
자기로 한다.

괜찮아.

엄마가 괜찮다고 했으니까

진짜, 진짜, 괜찮아.

서로가 서로에게
시詩가 되었던

"잠도 못 잤어. 밥도 못 먹겠고 자꾸 딴 생각만 들어."
"무슨 생각?"
"너."

네 이름 부르는 목소리 하나에
곱게 퍼지는 노오란 풍경.

어디서 주워들은 말도 아니고
멋 내고 싶어 내뱉은 말도 아니고
그냥 생각나는 대로 솔직한 마음 전한 것뿐인데

그게 다 시가 되곤 했지.

좋은 사람.
좋은 기억.

그게 얼마나 어려운 일인데
우린 그때
서로에게 참 대단한 일을 한 거야.

안 슬퍼서
미안해

난 항상 너에게 무엇이 되길
그저 어떤 의미라도 되어주길
바라고 또 바랐는데.

이젠 됐어.
이젠 너에게 아무것도 아니어도 돼.
내 마음이

끝났어.

없어지지 않아,
도무지

내 속옷 서랍 안엔
언젠가 당신 집에서 입고 나온
당신의 티셔츠가.

그것에선 놀랍게도 당신 냄새가 여전히.

몇 번을 빨고 빨아도
우리 집 섬유 유연제를 잔뜩 넣어보아도
계절이 한 바퀴 돌았음에도
당신 냄새는 여전히.

결국 구석에 넣어두었다가
가끔 속옷을 찾다 당신 티셔츠를 발견하면
그건 꼭 그때만을 기다려온 것처럼
내 코끝에 당신 냄새를 잔뜩 묻어놓고
도망치고.

아침에 일어나자마자

속옷 차림으로 그 앞에 앉은 나는

덕분에

몹시도 울고.

가득 차긴 했지만
전부는 아니었음을

너로 가득 찼던 날들이 있었다.

그때의 나의 삶이란 무척 단순했다.
컵 끝까지 넘칠 것처럼 차오르는 너를 담고
찰랑찰랑 쏟아질 것 같은 마음으로 너를 만나고
싸워서 엉엉 우느라 반 정도 물을 엎지르고
다시 네가 사랑한다 말하면
찰랑거릴 때까지 차오르는 그 마음을 들고 집으로 와
두근거리는 마음을 억지로 진정시키며 잠드는
그런 일상.

너는 첫사랑을 잊게 해주었고
그때껏 해보지 못했던 많은 처음이 되어주었으며
넘치는 감정으로 쓰는 내 모든 문장의
주인공이 되었다.

나는 그때

이렇게 사랑하다 죽을 수도 있는 건가요.
사랑할 때 그 뜨거운 마음들은 어디로 가는 건가요.
이렇게 행복하면 나중에 벌받지 않나요.
어쩌죠. 미칠 것 같아요. 어쩌죠. 저 좀 살려주세요.
따위의 어리석은 질문들을 스스로에게 해대며
하루하루 행복하다는 걸 온몸으로 받아치고 있었다.

너와 싸우고 우는 그 순간조차
네가 있어
행복이었다.

그리고 어느 날
우리의 사랑이 점점 줄어들어
이내 컵에 물이 남아 있지 않게 되었을 때
우리가 헤어지기로 하자,
나는 네게

죽어도 너를 잊지 못할 거라고
왜냐하면 너는 나의 모든 처음이니까
너는 내 단 하나의 사랑이 될 거라고
왜냐하면 난 마음이 하난데 그걸 너에게 줘버렸으니까

잊지 않아. 처음이야. 사랑이야. 어쩌고저쩌고
실컷 말하고

딱 한 달 뒤
다른 사랑을 시작했다.

그리고 그때 너와의 그 문신 같던 하루가
이제는 너무도 생각이 안 나
억지로 기억해내야 할 때가 더 많아졌다.

가득 차긴 했지만
전부는 아니었음을.

그래서 너와의 사랑이 끝나도 나는 죽지 않고
너를 사랑했던 그 마음은 다른 사람의 이름이 되고
그때 그렇게 행복했다 믿었던 것들도
사실은 별것이 아니었음을
살다 보니 더한 행복도 있음을
알게 되었다.

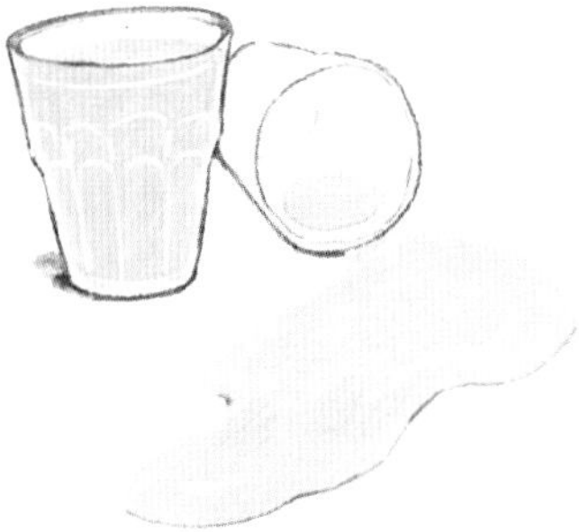

다시
봄이 왔어요

있잖아요. 알고 있었나요?

모든 풀에는 이름이 있대요. 모든 풀에요. 지나다가 아무렇게나 섞여 있는 들풀을 사진 찍어 어느 앱에 올리면 그 앱에서 풀 이름을 알려준대요. 신기한 건 이 풀 저 풀 다 똑같아 보이는데 이름이 전부 다르다는 거예요. "와. 어떻게 이름이 이렇게 다 달라? 전부 똑같이 생겼는데… 풀들은 정말 신기하구나." 말하니 옆에 있던 선배가 대답했어요. "사람도 그렇지 않아? 다 똑같이 생겼는데 이름이 다 다르잖아. 뭐, 연예인이나 좀 특별해 보이지. 해바라기. 코스모스. 이런 것처럼." 그렇네요. 맞아요. 우리는 전부 이름 없는 들판의 풀들이에요. 이봐요. 나는 김풀이라고 해요. 당신은요?

사실 평범하다는 게 싫었어요. 그게 어떻게 좋나요? 다들 평범한 걸 싫어하잖아요. 그래서 오디션 프로그램 같은 곳에 모두들 나가잖아요. '나에겐 재능이 있어. yo!' 막 이러면서. 뭔가 특이한 게 없으면 특이한 척이라도 하죠. 앞머리를 전부

앞으로 낸다거나. 그러니까 앞이 안 보일 정도로. 손톱을 아주 길게 기른다거나. 그러니까 일상생활이 불편할 정도로. 그러곤 말해요. "난 특이해. 넌?"

그건 이상한 게 아니에요. 사람들은 모두 자신이 빛나길 바라요. 당연해요. 모두가 연예인은 아니지만 우린 나름대로 우리들 인생의 주인공이잖아요. 생각해보라고요. 나는 내 나름대로 어쨌든 내 인생의 주인공으로 태어났는데 사회에 나가니 조연이 뭐야, 다들 엑스트라 취급을 해요. 빛나는 애들은 따로 있고. 그럼 세상의 수많은 들풀들이 이런 생각을 하는 거예요. '아, 여기에 있는 잎사귀로 멋을 내보자. 해바라기처럼 보이도록.' "저기요! 여기 해바라기 있어요! 저도 좀 봐주세요!" 하지 않겠어요?

모든 사람들이 예쁘고 잘난 게 아니므로 우리 들풀들은 열심히 노력해요. 남들이 자신을 봐줄 재능을 만들기 위해. 그런 재능이 없다면 어떻게든 스스로 창조하기 위해서. 그게 왜 그러는 줄 아세요? 사랑받고 싶어서요. 들풀이라고 뭐, 그냥 들풀이고 싶겠어요? 그냥 그 땅에 푹 파묻혀 죽을 때까지 바람에 흔들리고만 싶겠어요? 누가 꺾어가길 바라는 거예요. 저 예쁘지 않나요? 그럼 저 좀 데려가주세요. 저 좀 사랑해주세요, 하고요. 하지만 난 김풀이라고 해요. 당신은요?

평범하게 살고 싶지 않아서 얼마나 노력했는지 몰라요. 이것도 해보고 저것도 해봤을 거예요. 그런데 참 이상하죠. 나는 어떻게 해도 들풀이에요. 머리를 자른 들풀. 목소리가 큰 들풀. 교정을 한 들풀. 손톱이 긴 들풀. 그러다 어느 날 깨달았죠. 아, 해바라기 같은 건 영원히 될 수 없는 거구나. 왜냐하면 난 태어나기를 들풀로 태어났으니까. 해바라기가 되려면 해바라기 씨앗으로 태어났어야 했는데 어쩌지. 나는 들풀의 씨앗을 가지고 태어나 들풀이 되어버렸어. 그건 마치 오리는 무조건 오리라는 것. 《미운 오리 새끼》란 동화가 해피엔딩인 건 오리 새끼가 알고 보니 백조 새끼였다는 반전이 숨어 있었지. 《신데렐라》라는 동화가 해피엔딩인 것도 재투성이 신데렐라도 알고 보면 귀족의 딸이라는 반전. 그러므로 아주 근본의 것이 정말 중요한데 슬프게도 그건 내가 노력해서 얻을 수 있는 게 아니야. 그건 처음부터 가지고 태어나는 것. 요즘 사람들은 그걸 수저라고 부르더라. "저 금수저에요. 쟤 은수저에요. 얜 흙수저에요." 난 그 얘기가 정말 슬펐어. 수저가 뭐야, 수저가. 밥을 먹는 도구에 불과한 쇳덩이에 왜 자신을 비유해. 그보다는 풀이 낫지 않아? 바람이 불면 흔들리는 풀. 뿌리가 있는 풀. 살아 있는 풀. 쇳덩이가 아닌 풀. 그러니까 안녕하세요? 나는 김풀입니다. 당신은요?

풀들이 특별해지는 가장 쉬운 방법은 앞에서도 말했다시피 사랑받는 거예요. 누군가에게 담뿍 담뿍 받는 사랑으로 풀들은 몹시 특별해지죠. 왜냐하면 그 누군가가 내게 매일 말해주거든요. "나한텐 네가 해바라기보다 더 예뻐. 나한텐 네가 코스모스보다 더 향기 나. 나한텐 네가 개나리보다 더 멋져." 그렇게 들풀은 자꾸자꾸 특별해져요. 그리고 사실 착각도 하게 되죠. 나는 진짜 해바라기, 코스모스, 개나리구나. 그래, 난 가시박이 아니야. 난 어저귀가 아니야. 난 연복초도 아니고 난 금강애기나리도 아니야. 난! 모두가 다 알고 있는 해바라기고 코스모스야.

하지만 모든 것에는 끝이 있어요. 마지막이 존재하죠. 그러므로 언젠가 끝나는 거예요. 내가 해바라기가 되었던 그 마법의 시간이. 그때 우리는 다시 들풀이 되죠. 바로 그때가 우린 가장 슬픈 거예요. 아예 몰랐으면 모르겠는데, 알았잖아요. 뭔가 되게 특별해지는 그 경험을. 느꼈잖아요. 온 세상 통틀어 나 하나면 된다는 그 무시무시함을. 그런데 어떻게 슬프지 않을 수가 있겠어요. 우리는 정말 슬퍼져요. 더 이상 해바라기가 아니라서가 아니고요. 사실은 우리가 해바라기였던 적이 단 한 순간도 없었다는 걸 또다시 깨달아서.

어른이 되면 항상 신나는 일들만 일어나는 줄 알았어요. TV 속 어른들은 그래 보였거든요. 매일 화장을 하고 예쁜 옷을 입고 멋진 사람을 만나 좋아하고 즐거워해요. 그래서 당연히 나의 미래도 그럴 거라고. 그렇기는 했죠. 그런데 그 시간이 정말 짧더라고요. 그 시간이 지나고 나니 나는 다시 아이의 일상을 갖게 되었어요. 달라진 게 있다면, 그땐 나의 미래가 희망이었는데 이제 나의 미래는 퇴화. 그러니 다시는 해바라기가 될 수 없다는 말이에요. 다시는 그런 날이 없다는 걸 인정해야 하는 거죠. 나이가 들면 어떻게 사나 궁금했었는데 살아보니 별거 아니에요. 그냥 오늘을 살아요. 내일은 생각하지 않고. 오늘을 살고 끝. 내일은 몰라. 왜냐하면 오늘만 해도 어마무시하니까. 할 일이 정말 많거든요. 그래서 내일 무슨 일이 있을지 생각할 겨를도 없어요. 그래서 내 생애 다시는 해바라기가 될 수 없음을 알고 있지만 그것에 대해 절망하고 슬퍼할 시간이 없죠. 내가 지금 울지 않는 건, 그게 슬프지 않아서가 아니에요. 울 시간이 없어서. 사실 그래요. 투정이라니. 전부 다 귀찮죠. 들풀은 바쁩니다. 매일이 바쁩니다. 신나진 않는데 매일매일 정말 정말 바쁘답니다.

한때는 지나간 일들만 곱씹으며 살았던 것 같아요. 모두를 붙잡고 내가 얼마나 행복했었는지 한탄했죠. 그러다 영화 〈첨밀밀〉이 떠올랐어요. 그 속에 나왔던 어떤 사람이 떠올랐어요. 그 사람은 영화배우를 사랑하는 여자였어요. 너무너무 사랑해서 그 배우를 딱 한 번 만나 함께 식사를 했는데 그 기억을 잊지 못하고 누구도 사랑하지 못한 채 평생을 혼자 살았죠. 어릴 땐 그게 정말 지지리 궁상 같았는데 문득 지금 내가 그렇게 살고 있는 건 아닐까, 하는 생각이 들었어요. 사람들은 웃으며 내 얘기를 들어줬지만 속으로 이런 생각을 하지 않았을까? '쯧쯧쯧. 언제 적 일에 매달려 지금을 살고 있어.' 기억하는 건 무조건 좋은 거라 생각했었는데 그때부터 난 이런 생각을 하기 시작했어요. '이제 다 잊어. 끝났잖아. 그저 넌 언제나 들풀이었다는 거나 잊지 마.'

가끔 드라마나 영화를 보면 말도 안 되는 일들이 일어나죠. 판타지라고 해요. 사람들은 그런 걸 정말 좋아해요. 우와! 우와!! 우와!!! 하면서. 한때 나는 그런 걸 보면서 "야, 말이 되는 걸 좋아해. 개연성이 하나도 없잖아." 시니컬하게 주절거렸는데, 아, 이제는 아니에요. 너무 현실 같은 얘긴 나도 보고 싶지 않아요. 그런 걸 왜 보죠? 이미 겪은 건데. 저도 판타지가 좋아요. 말도 안 되는 것. 절대로 일어나지 않을 일. 그런 걸 왜 보는지 이유를 알 것 같았어요. 그걸 보면 잠시 희망이라는 게 생기거든요. 내일, 어쩌면 말도 안 되게, 나에게, 그런 일이, 생길지도 몰라.

어른은 희망이 없어요. 그래서 저런 희망이라도 몹시 소중하답니다. 그런데 참 그렇죠. 들풀인 것도 서러운데 어른 들풀은 정말 서러운 것투성이에요. 하지만 누구도 위로해주진 않아요. 다들 그렇게 살잖아요. 뭐, 나만 그렇게 사나요. 우린 모두 들풀이죠. 이름 없는 풀이죠. 근데요. 유명한 게 그렇게 중요한가요? 이름이 있어야 꼭 사는 건가요? 꼭 이름을 날려야 되는 건가요? 꼭 제일 빛나야 되나요? 가장 꼭대기에서 반짝반짝하는 게 멋진 건가요?

평생 빛나지 않더라도, 그냥 어저귀여도, 안 예뻐도, 아무도 몰라줘도 우린 태어났잖아요. 이렇게. 그렇다면 다 이유가 있지 않을까요? 살아가는 데 필요한 분명한 이유. 그건, 당신이 찾을 수 있는 게 아니에요. 다 살고 나면 알게 되는 거예요. 삶의 끝에서 깨닫는 거예요. '내가 살았던 이유는 바로 이거였구나.' 그때 아는 거예요. 지금 알 필요도 없어요. 그걸 벌써부터 찾을 필요도 없죠. 특별하고 싶나요? 해바라기처럼? 코스모스처럼? 근데요. 세상엔 당신처럼 생긴 사람은 오직 당신 하나뿐이에요. 그게 바로 우리 모두가 특별하다는 증거죠. 우린 처음부터 특별했어요. 그래서 어저귀라도 괜찮은 거예요. 김풀이라도 괜찮은 거예요. 처음부터 그랬던 거예요. 그렇게 태어났던 거예요.

사랑을 받는 건 정말 고마운 일이죠. 하지만 어떤 사람은 그 어떤 사랑도 받지 못할 수도 있어요. 모두가 쌀알을 나눠 갖는 건 아니잖아요. 없는 사람. 많은 사람. 하나뿐인 사람. 그런 것처럼. 사랑이 모두에게 공평한 건 아니에요. 그럴 땐 내가 주면 돼요. 내가 누구한테 주는 건 상관없잖아요. 왜냐하면 나는 누군가를 사랑할 수 있는 마음이라는 게 있으니까. 그것도 태어날 때부터 가지고 태어난 거니까. '받으려고만 하지 말고 먼저 주는 건 어때?' 그런 얘기도 하잖아요. 받았을 때의 기쁨도 있지만 줄 때의 기쁨이라는 것도 있잖아요. 참 신기해요. 받고 주고. 전혀 반대의 성질을 가진 행위인데. 가지게 되는 기쁨은 비슷하다니. 그러고 보면 세상은 처음부터 공평하게 짜여 있었다는 생각을 해요. 그래서 저는 가끔, 아주 가끔 신을 믿어요.

그런 신에게 부탁하는 건 내가 해바라기가 되기를 바라는 마음이 아니에요. 난 괜찮아요. 난 말했잖아요. 김풀이라고. 당신을 부탁하고 싶어요. 해바라기가 아니라도 괜찮다고. 개도 개 나름대로 키가 크고 얼굴이 너무 커서 짜증 나는 게 있을 거라고. 그러니 특별해지기 위해 안달하지 않아도 된다고.

비가 오면 해바라기가 비를 가장 많이 맞아요. 시들 때도 얼마나 안 예쁜지 아세요? 하지만 풀은요 큰 나무 밑에 있으면 비도 덜 맞고요, 시들 때도 그냥 그 채로 시들어요. 알잖아요. 우린 일어설 때보다 무너질 때의 모습을 더 신경 써야 해요. 어차피 우리 모두는 무너지게 되어 있는데 일어설 때야 누구든 멋지게 일어나죠. 하지만 무너질 때, 어차피 무너지는 게 모두의 일이라면, 해야 되는 거라면, 이왕이면 잘 사그라드는 게 좋아요. 그래야 마지막의 마지막에 그렇게 슬프지 않을 수 있답니다. 어때요? 당신도 김풀이라 이제 조금 행복해지기 시작했나요?

"당신의 아이가 어떤 사람이 되길 원합니까?" 김풀이요. 행복한 김풀이요. "당신의 아이가 영어 유치원에 가서 영어를 몹시 유창하게 하고, 초등학교에 들어가 전교 1등을 하고, 중학교 때는 유학을 가서 대학은 외국 명문대를 나와 대기업에 입사해 집안 좋고 능력 좋은 사람을 만나 결혼을 하고, 그 후엔 건강하고 똑똑한 아이를 낳고 사는 삶을 원하나요?" 네. 나는 원해요. 내 아이의 그런 삶을 정말 정말 원해요. "너, 그렇게 살아서 행복해?"라고 물었을 때 "그럼요! 엄마!"라고 대납한다면 내 아이가 그렇게 사는 삶을 정말 정말 원해요. 그런 엘리트 코스에 행복하기까지 하다면 정말 좋을 것 같아요. 하지만 세상은 전부를 주지 않아요. 그건 진리예요. 그러므로 나는 내 아이가 그 어떤 삶을 살든 행복한 사람, 그 어떤 것에서도 행복을 찾아내는 사람, 아주 작은 것에도 만족하고 좋아하고 고마움을 아는 사람이길 바라요. 매년 제게 "엄마 나는 참 행복해." 말해주는 들풀이길 바라요. 어떤 사람들은 말해요. 저런 엘리트 코스를 밟아야 행복한 거라고. 네. 그럴 수도 있죠. 하지만 행복은 단 하나의 기준으로 판단할 수 있는 게 아니에요. 지구에 사는 인구가 76억 3천만 명. 그렇다면 행복은 76억 3천만 개랍니다. 사람 수만큼 행복의 숫자가 존재하죠. 각각의 사람들이 가지는 행복은 전부 다 달라요. 우리의 얼굴이 이렇게 다르듯이.

저기요. 난 김풀이에요. 당신과 다르게 생겼죠. 다른 풀이죠. 그래서 나는 당신과 다르게 행복해요. 당신은요?

너는 읽지 않았으면 좋겠다
영원히, 이런 글 따위

그러니까

나의 일기 따위가 이렇게 될 거라고는 생각지도 못했는걸.
그래서 뒤늦게 후회가 되는 건
초등학교 때 썼던 것처럼 글을 썼더라면 덜 창피했을까.
그때의 글은 마치 누가 보길 바라듯 써 내려간
그것이 정말 나인지 혹은 내가 되고 싶은 나인지
헷갈리고 알 수가 없는 거짓말이 너무나도 많은 글인데.

그래도 그게 덜 창피하지 않을까.
이런 글보다는.
정말 이런 글보다는 말이야.

단 한 번도 고친 적 없었고 늘 한 번에 쭉 써 내려갔던
망설일 것 하나 없이 내 낡음, 내 허점, 내 더러움, 내 모자람
전부 써대고도 전혀 창피하지 않았던 건

나만 볼 거니까.
영원히 나만 읽을 거였으니까.

그런데 이게,
그러니까 너는 이 글을 읽지 않았으면 좋겠다.
이런 글 따위 영원히 읽지 않았으면 좋겠다.
평생토록 몰랐으면 좋겠다.
죽을 때까지 아무것도 모르고 살았으면 좋겠다.
내가 그때 무슨 생각을 했었고, 어떤 마음이었고
웃고는 있었지만 내 속이 어땠는지
너는 정말 영원히, 정말 영원히, 영원히,
몰랐으면 좋겠다.

진심이어서 책이 되는 거라지만
오로지 진심뿐이라
나는 더 이상 이 책을 읽을 수 없어.

못생긴 내 얼굴을 언제까지고, 언제까지고,
확인하는 기분이니까.
여전히 아물지 못한 내 상처를 들추고, 들추고,
다시 들추는 기분이니까.
너도 부디
읽지 않아 주었으면 해.

끝인사

20대에 나는 바보였어요.
10대에도 마찬가지였죠.

하지만 그때의 저는
바보인 걸 들키지 않기 위해
바보처럼 보이지 않기 위해
사람들이 나를 이왕이면
멋지고 똑똑하다고 생각해주길 바라는 마음에
내 모든 걸, 그것을 증명하는 데 써버렸어요.

이렇게 하면 바보처럼 보이지 않겠지?
이렇게 하면 내가 똑똑하다 생각하겠지?

어느덧 서른이 넘었고,
나는 분명 그런 사람이 아니에요.
나는 여전히 바보지만 이젠 말할 수 있어요.

안녕하세요? 저는 어리석어요.

안녕하세요? 저는 부족합니다.

아, 안녕하세요? 모자란 것이 너무도 많은 한가람입니다.

나는,

노력하지 않고서 있는 척하지 않고
내 허물을 감추려 조바심 내지 않으며
사람들이 나를 어떻게 볼까
전전긍긍하지 않게 되었습니다.

모자라고 부족한 걸 인정하니
멍청하고 어리석음을 자백하니
편안해졌어요.

시간이 나에게 준 선물은
지혜가 아니었어요.

바보였던 나를

바보라 인정하는 용기였습니다.

안녕하세요? 저는 바보입니다.

괜찮아요.
내일은 좀 덜 바보가 되려고
노력하고 있으니까요.